BORDER LA BÊTE

LUNE VUILLEMIN

Délaissant les grands axes, j'ai pris la contre-allée
A. Bashung et J. Fauque

Paradoxalement, les institutions devraient garantir
le droit à la fragilité des individus. Le droit, en somme,
de ne pas renoncer à sa propre humanité…
Roberto Scarpinato

Vous avez entre les mains la **troisième impression**
de *Border la bête* et nous vous en remercions.

Collection La Sentinelle

BORDER LA BÊTE

LUNE VUILLEMIN

Listening in wild places, we are audience
to conversations in a language not our own.

Braiding Sweetgrass: Indigenous Wisdom, Scientific
Knowledge and the Teachings of Plants
Robin Wall Kimmerer

Écouter la nature sauvage, c'est être à la fois
spectateur et auditeur de conversations
dans un langage qui n'est pas le nôtre.

Traduction de Véronique Minder
(*Tresser les herbes sacrées*,
éditions Le Lotus et l'Éléphant, 2021)

Quand le vent reprend son souffle, l'air se fige au-dessus du lac Petit. La glace soliloque sous le ciel blanc, parfois elle grince des dents, se met à rire et sa mâchoire claque. Sa peau blanche gercée de bleu semble forte et prête à recevoir les baisers ardents du printemps. Il y a d'abord une expiration de brume sur les sapins baumiers, puis le froid bondit d'un bout à l'autre du lac à la manière des chevreuils en fuite. Le chant de la glace rencontre le rire de la sittelle. Les trembles nus se tendent la main, si blancs et lourds d'une neige glacée. Dans la forêt, le pas silencieux des biches alertes, le ventre rond d'une mésange sur une branche tordue, une petite martre baille, dents minuscules et poils hérissés par une couverture de neige fondue tombée d'en haut. Le matin pointe le long de la rivière Babine. Elle vient du nord de la vallée et rejoint le lac Petit, séparé du lac Grand par une forêt dense qui fait ricocher les bruissements d'ailes, les fracas de la neige et les silences éphémères. Un corbeau sur une souche blanche, le bec enneigé, espiègle, regarde un peu alentour, surveille le lac Petit. Il neige, doucement et silencieusement, une neige fine et timide. Quelque chose grignote ou dépiaute, ça crépite comme un feu sec. Un groupe de trois mésanges sur une branche gigote, elles font les yeux doux à l'air piquant du matin. L'une d'elles plonge, flocon tacheté de noir, et disparaît. Le corbeau sur sa souche, avec sa moustache de poudreuse, croasse un coup, regarde par là, pense.

Haute sur ses pattes, l'orignale avance doucement. Elle traverse le matin blanc, grandes oreilles vers le ciel, narines écartées. Douceur dans le regard. La solitaire a le ventre rond, le poil épais et brun avec un cœur qui cogne en dessous, peut-être même deux. Ses longs doigts agiles évitent les roches et les branches dissimulées par la neige. Des yeux sous les pattes, elle avance confiante vers Lac Petit. La neige s'arrête, si l'on regarde bien. La troisième mésange se pose à nouveau sur la branche. Une chose indicible se déroule entre les trois petits oiseaux à tête noire. Sur la souche, en bas, au pied du sapin, le corbeau n'est plus là. Le lac chuchote sous la glace qui lui met la main sur la bouche. L'animal sur ses longues et fines jambes envisage la robe d'hiver de l'étendue d'eau qu'elle connaît bien. De l'autre côté elle longera la rivière Babine, remontera un peu vers les tourbières qui regorgent de vie, croisera quelques loutres au regard fourbe et rejoindra une autre forêt calme où l'on ne chasse pas. Y croquer les pousses de cèdres et de sapins. Le grand corbeau fend le ciel blanc, fait rebondir un chant de gorge entre les arbres. Derrière le lac, le long de la rivière aux rives recouvertes de névés, enflées comme des lèvres tuméfiées, les jeunes bouleaux ont la peau fragile.

Un ventre lourd s'abîme. Les muscles tendus dans les eaux de griffes, eaux-poignards. Des hommes aux bras fatigués ont extirpé la bête du lac blanc. Nous restons là, à observer le cervidé exténué couché sur son flanc. Les heures tournent comme nos regards perdus, nos sourcils qui se froncent. Sous le ventre gonflé d'angoisse et de vie qui s'affole, passer les sangles robustes. Dans le jour qui se couche, entendre les coyotes au loin et le moteur du débusqueur qui doucement soulève son treuil, sorte de poing fermé prêt à frapper la terre. Une grande femme aux épaules lourdes fait un signe à l'homme qui manœuvre le débusqueur. Il recule d'un coup sec, le moteur cale, l'orignale laisse échapper un râle. Je ne regarde que ses yeux qui cherchent à se fermer. Mes mains s'engourdissent de froid dans les poches de ma veste alors que l'animale est hissée vers un van à chevaux attelé à un pick-up. Elle paraît déjà morte, sa tête semble trop lourde à porter. Le treuil la dépose sur un tapis posé devant le van et les hommes aux bras fatigués aident à tirer la bête à l'intérieur. C'est long, il faut s'y reprendre à deux fois. La grande femme aux épaules lourdes me fait signe d'entrer dans le van avec elle. Elle pose une vieille serviette de bain sur le haut de la tête de l'animale, cache ses yeux, et je l'aide à étendre une couverture sur l'orignale. Je regarde les mains de cette femme, blanches et tordues comme des pattes d'araignées. Elle me parle avec le regard et le menton et je comprends tout, je crois. Son nez est incroyable, une falaise. Elle sort du van, jette un regard sur l'animale, puis sur moi, je hoche la tête. Elle fait basculer la porte arrière comme un pont-levis et je me retrouve dans l'obscurité avec la bête. Je peux voir par un hublot le paysage que nous traversons. Je pétris la poche d'électrolytes avec ce qu'il me reste de force dans les mains. Je n'ai pas dit au revoir au garde forestier qui m'a conduite ici, au bord d'un lac, en lisière d'une vallée que je ne connais pas. Nous partons vers un refuge, un sanctuaire, où cette femme au nez gigantesque accueille des animaux sauvages. Chacun de mes doigts se contracte et brûle mais je continue à pétrir le sac. L'orignale ne bouge plus. Je serre les dents sur ma peur qu'elle meure avant que nous arrivions. Entre nous, le cordon ombilical. Comme ça, sans prévenir, l'hiver a décidé d'ouvrir grand la bouche. Avaler cette mère dans le calme formidable du matin.

Au refuge, le pick-up continue sur un chemin qui contourne une grange bleu-gris un peu sinistre et s'arrête plus loin sur une piste forestière. Les pneus font craquer la fine couche de gel recouvrant la terre. Le pont du van s'ouvre sur une clairière flanquée d'épinettes hautes. Le poing du débusqueur fait à nouveau glisser la bête hors du van puis la hisse au-dessus du sol avec ses gestes mécaniques. L'homme et la femme parlent français, lui a un fort accent anglophone. Quelque chose dans sa voix à elle, comme un accent qui tente de se dérober. Une inflexion déguisée, qui me semble familière. Elle murmure un ordre sec et nos mains si petites se mettent à masser les pattes de l'orignale suspendue au-dessus de nous. Sous mes doigts la peau si dure, la peau froide et tendue, les murs d'une prison qui ne tombent pas. Des poils, longs comme mon annulaire, se collent à mes paumes. J'aimerais que mes phalanges pénètrent la chair de l'animale mais tout est si raide. Ça résiste. J'ai des poils dans la bouche. Je voudrais pleurer, je regarde les autres qui pétrissent les muscles avec force. Ils ont la même grimace au visage. Masque d'impuissance. Eaux froides du lac qui engloutissent la vie. J'essaye de chanter tout bas une chanson que j'aime mais les mots n'ont pas de sens. J'enrage et donne un coup de poing dans la cuisse glacée, l'orignale a encore les yeux ouverts mais plus rien ne semble battre sous la peau. Une tique, grosse comme un bleuet, trace un sillage dans le pelage brun. Une autre la suit, puis une autre encore. Petite meute à la queue leu leu dans les poils épais et trempés de l'orignale. Un vent désagréable se lève, personne n'a son manteau sur le dos. La grande femme aux épaules lourdes et l'homme ne massent plus. Elle lui dit quelque chose que je n'entends pas. J'abandonne aussi et nous restons un instant tête baissée, les mains noires de crasse, de poils et de terre, les genoux qui tremblent. Sous les épinettes frissonnantes, la nuit s'en vient. Je prie pour que, cette nuit, les coyotes épargnent l'orignale. Que personne n'ouvre ce ventre encore chaud, où un souffle respire peut-être encore. L'orignale, les yeux toujours ouverts, les membres tordus sous son lourd corps de bête des bois, garde la tête haute. Je regarde la grande femme aux épaules lourdes qui a enfilé un bonnet, elle a le visage marqué, elle pourrait avoir quarante ans, elle pourrait aussi en avoir cinquante. Au-dessus de nous, les grands corbeaux s'exclament et hoquettent, chantent et accompagnent une vie qui part. L'homme relève la tête vers moi.

— Avec ça, on ne s'est pas présentés. *I'm Jeff, this is Arden.*

Je serre sa main, tout est froid, la clairière et nos peaux. Il me sourit faiblement. Sous ses yeux se dessinent des arroyos qui s'écoulent vers la joue, parfois remontent vers la source de l'œil, la paupière crevassée de fines failles qui tranchent dans la peau. Un de ses yeux semble éteint. Il me demande si je crois en Dieu. Je lui dis que non, en tout cas pas celui auquel il pense, mais il m'arrive de prier, souvent, de m'adresser à d'autres… choses. *I get that,* il dit. Nous restons là, incapables de quitter l'orignale. Je me sens fatiguée. Mes doigts sont durs, petits cailloux ocre. Personne ne prie. Je ne trouve pas les mots pour cette animale merveilleuse que nous ne parvenons pas à sauver. Arden remonte la couverture sur l'encolure de l'orignale qui a posé son énorme tête au sol. Ce geste, remonter la couverture, sans recouvrir la tête, me donne comme un espoir que l'orignale s'en sorte. Pourtant le froid s'engouffre dans la clairière, chasse les corbeaux, fait trembler ma poitrine. Arden se redresse, me dit que je peux dormir chez elle, sur le canapé. On discutera demain. Je les suis jusqu'au van vide. Arden le referme et le décroche de l'attelage du pick-up. Jeff m'ouvre la porte passager, nous tenons à deux sur la banquette en nous serrant. Je regarde mes mains souillées et anéanties, je les rapproche de la petite bouche du chauffage qui crache sa chaleur. *Fuck* souffle Arden en manœuvrant pour faire demi-tour. Je regarde encore ses mains à elle. Longues et tordues, comme des pattes d'araignées. Jeff demande ce que je faisais avec le garde forestier. Je réponds qu'il m'a prise en stop une heure avant et qu'en chemin il y a eu le coup de téléphone. Il a parlé de l'orignale, m'a proposé de me laisser au premier motel mais je suis restée avec lui. Je voulais voir ça. Jeff ne demande pas où je vais mais d'où je viens. Je ne sais pas quoi répondre à ça. Une image me pénètre. J'essaye de la chasser. Jeff n'insiste pas. Je ne sais pas quoi faire de mes réponses. Arden ne dit rien. Je regarde ses doigts arachnéens sur le volant. Au-dehors la noirceur vient saisir le jour dans la forêt, je m'endors un peu dans une odeur qui, bientôt, sera aussi familière que la robe trouble d'une bière noire au café.

Arden me laisse dans le vestibule, le sol est brun et granuleux sous mes chaussettes mouillées. Des morceaux de terre séchée s'y collent. Il y a cette odeur de chien-poils-cuir-écorce-terre-femme. Je me suis réveillée quand Jeff a refermé la portière. Arden, le pick-up et moi avons continué à rouler dans la nuit. Je ne voyais rien, je n'avais pas compris qu'on faisait demi-tour, qu'on retournait vers l'orignale, vers le refuge. Dans ce territoire inconnu brouillé par la nuit, Arden s'est garée devant une petite maison. C'est peut-être là que tout commence. Et en même temps je ne sais pas s'il doit y avoir un début, ni où il se situe vraiment. Je dépose mon blouson par-dessus deux parkas sur le portemanteau qui étouffe. Derrière la porte du vestibule, il n'y a qu'une seule grande pièce dans laquelle Arden est accroupie devant la bouche ouverte d'un énorme poêle à bois. Je vois ses chaussettes qui traînent sur une couche de cendres recouvrant le parquet. Elle se redresse, me propose un café, je dis que je n'aime pas le café, enfin, j'aime le goût, par exemple dans certaines stouts, mais pas le café. Elle reste là, sourcils froncés, à me regarder. Je me rends compte à quel point elle est grande. Un thé alors. Dans un coin de la pièce, un frigo qui est aussi haut qu'elle, une cuisinière et une petite table ovale en bois sombre font office de cuisine. Elle fourrage dans les armoires et se retourne, triomphante, tenant à la main un sachet de thé. Je souris poliment. Je lui demande si je peux utiliser la salle de bain le temps qu'elle fasse le thé, lui montre mes mains poisseuses. Elle m'indique un petit escalier à l'autre bout de la pièce. Avant de me lever, je frotte mes pieds contre la barre latérale de la chaise pour me débarrasser des miettes de boue. Il fait encore frais. Le petit escalier en forme de coude mène à une toute petite chambre à coucher et à une salle d'eau si basse de plafond que je me demande comment une telle femme peut se mouvoir là-haut. Mes habits collent à ma peau, j'ai du mal à enlever mon sweat-shirt, comme si ma tête avait gonflé. J'étire mon cou et ça craque, je vois la glace qui cède en silence sous le poids de l'orignale et me demande si ça ressent la solitude, un animal aussi sacré, lorsque la mort s'empare de lui. Je m'assois dans la petite baignoire et pose le pommeau de douche sur mon ventre. L'eau coule, chaude, épaisse, elle rigole entre mes jambes et disparaît brune dans la bonde. Je gratte une piqûre d'araignée sur mon bras. Mes ongles s'enfoncent dans la chair de ma rose écarlate tatouée. Ses pétales sont plus forts que les jambes de l'orignale, car ils ne s'écroulent pas sous mes griffes. Quelque chose escalade mon œsophage alors que je revois les tiques recouvrir l'animale. Je lâche un petit glapissement pour ne pas pleurer et attrape le pain de savon. Je le frotte partout, mes mains, mes bras, mes pieds, le brun de mon ventre, sur les encres, mes seins, mes jambes, je frotte tout, même ce qui n'a pas touché l'orignale. Je ne peux pas laver mon cœur au savon. Dedans, la peine de ne pas l'avoir sauvée implose. J'entends Arden qui monte les escaliers et s'arrête derrière la porte de la salle de bain. Elle dit Le thé est prêt. Je me rince, je remplis ma bouche d'eau chaude, recrache.

Quand je descends, je m'arrête à l'articulation du coude de l'escalier, sur un minuscule palier, et regarde par la fenêtre posée là. C'est étrange d'avoir mis une fenêtre ici. Une forêt noire dans un carré. L'orignale est seule. J'ai une crampe à la main gauche. Il fait bien plus chaud au rez-de-chaussée maintenant que le poêle, bouche fermée, rumine le bois, le digère. Elle a posé une tasse sur la table basse près du canapé. J'aime qu'il n'y ait pas de télé mais un feu à regarder. Le thé est âpre, il a un goût de vieillesse et de calcaire. Le chaud fait du bien, alors je ne dis rien. Arden monte se laver, je termine mon thé. J'ai peur qu'en refroidissant il ne devienne encore plus écœurant. Je somnole un peu en écoutant l'eau de sa douche couler. Mes mains sont encore noires, l'orignale qui ne part pas. Quand Arden redescend, elle me tend un t-shirt propre, pour dormir. Je peux faire des œufs brouillés si tu as faim. Son visage tout blanc est boursouflé, la pointe de son nez rose. Elle a pleuré dans l'eau, comme moi. Quand les œufs sont prêts, elle s'assoit à côté de moi et nous partageons la même assiette. Elle a arrosé sa part de Tabasco. On ne parle pas. Le poêle miaule de temps en temps et je lui trouve un prénom dans ma tête. J'aimerais savoir d'où vient le prénom Arden, s'il veut dire quelque chose, qui sont ses parents, pourquoi elle vit seule ici, qui est Jeff, si elle se cogne beaucoup aux poutres et au plafond là-haut, pourquoi sauver les animaux. Je ne pose aucune question. Pas encore. Puis, je prends mon courage à deux mains et je plonge les dents de ma fourchette de son côté de l'assiette, œufs flous tachés d'une épaisseur de Tabasco. Elle me laisse faire, ne dit rien. Accord tacite, un silence pour dire que c'est OK de rester là un peu.

Alors je reste.

Au matin le froid se glisse sous la couverture, le feu s'est éteint pendant la nuit. J'ai envie d'aller aux toilettes mais je n'ose pas monter à l'étage. J'enfile mon sweat-shirt et le jean propre que j'ai dans mon sac. J'ouvre la gueule du poêle, y jette les mouchoirs écrasés au fond de la poche de mon jean sale, souffle sur les braises, réveille le feu, fourre une bûche entre les lèvres grises. Les braises s'en emparent. Dans le vestibule, je glisse mes pieds dans mes bottes et emprunte l'un des gros blousons suspendus à la patère : trop grand pour moi. Le ciel est rose et gris par-delà les sapins et les épicéas, les couleurs se répandent sur la glace. Le sol craquette comme une dizaine d'allumettes sous mes pieds. Mes mains se terrent dans les manches du blouson. Le froid s'empare de mes joues. Je contourne la maison en glissant parfois, cherchant l'équilibre sur cette terre nouvelle et derrière l'abri à bois je déboutonne mon jean et m'accroupis pour uriner sur la neige gelée.

Dans la cuisine, Arden, trop grande, est pliée comme un point d'interrogation au-dessus de la gazinière. Elle prépare une casserole de flocons d'avoine. Je m'assois à la table. Une fois le gruau cuit, elle y ajoute du sirop et du lait. Le mouvement de la cuiller dans la casserole me ramène à l'Ouest. J'intercepte le souvenir. Pas maintenant. Le gruau est beaucoup trop sucré. Je dis merci et j'avale rapidement. Le sucre s'agglomère dans l'œsophage. Une neige épaisse bloque les mots, les questions. De toute façon, Arden n'a pas l'air du matin. Elle prépare un thermos de café, oubliant que je n'aime pas ça, ou n'en tenant pas compte, je ne sais pas. On ne se dit rien. Elle me prête une paire de chaussettes en laine et des crampons à fixer sous mes chaussures. Nous sortons dans le froid, nous passons devant la grange bleu-gris, la contournons. Les crampons font sangloter la couche de glace sur le chemin. Arden me tend le thermos, je n'ose pas le refuser, en prends une gorgée et lui rends. De la neige tombe des branches des sapins et des épinettes noires. Les corbeaux sont déjà là, à palabrer. Ils nous suivent jusqu'à l'orignale. Elle est là, la bête. Les yeux ouverts mais si loin, éteints. Arden fait siffler un juron en anglais et pose le thermos par terre. Je m'accroupis au bord de la carcasse, caresse ses grandes oreilles. Les coyotes ne sont pas venus mais les tiques s'activent encore, par dizaines, par centaines. Je les chasse, je les insulte tout bas, je tâte encore du bout des doigts la peau de l'animale. Je veux être sûre, être sûre qu'on n'aurait rien pu faire de plus. Au diable les tiques, la glace qui se dérobe. Tout me rappelle combien le sol sous nos pieds est fragile.

Il n'y a pas que les orignaux qui meurent au matin.

Je suis Arden sur le chemin qui mène à la grange. Je ne sais pas quelle est l'épaisseur de glace qui recouvre la route. Les corbeaux perchés dans les épinettes et les pruches lâchent leur cri ricochet: ça rebondit dans leur gorge et brise le silence du matin. Un souvenir se pose sur mes lèvres, moût myrtille d'une bière blanche délicate. Le calme, à la brasserie, ça n'existait pas trop. Je me concentre sur les corbeaux, sur mes crampons griffant le sol gelé et Arden, devant, qui se tait toujours. La grange n'a pas fière allure, mais je ne sais pas encore qu'à l'intérieur il fait chaud et qu'on y couve la vie. Arden ouvre le cadenas de la porte, appuie sur l'interrupteur de la lumière. Entrer dans la grange, c'est un peu comme se faire tout petit dans l'antre d'une bête qui hiberne. C'est plein de respirations chaudes d'animaux endormis, de murmures, de faim, de l'odeur du foin trempé de pluie, d'urine et de selles. Un peu comme l'odeur des chevaux, la grange est à la fois suffocante et rassurante. Tout de suite je m'y plais. À l'entrée se trouve une sorte de petite cuisine avec un évier profond et un plan de travail au-dessus duquel est accroché un grand tableau blanc. Je lis les mots dans le désordre. Carnivores poisson viande attention gamelle congélateur 500 kg fruits eau jours impairs croquettes médicaments 20 cl engelures nettoyer. Sur les étagères des piles de récipients, bols, seringues en plastique, une pierre à aiguiser, du scotch, des produits d'entretien. Arden écrit la date au tableau, se retourne vers moi et me dit que si ça m'intéresse je peux la regarder aujourd'hui et faire toute seule demain, que si je suis capable, je peux rester ici, qu'elle me paiera, pas beaucoup, mais juste assez pour mettre un peu de côté, avant de reprendre la route. Il suffit chaque matin de nettoyer les boxes, remettre de l'eau propre, nourrir chaque animal, tout est écrit là c'est simple, mais surtout il faut nettoyer, ce n'est pas un job très drôle : tu ramasses la merde tu remets de la paille tu changes les couvertures tu jettes ce qui est dégueulasse surtout s'il y a du sang. Après le repas de midi, il faut faire tourner des machines, nettoyer la vaisselle sale, ranger, passer un coup de balai. Surtout, elle me dit, surtout il faut faire tout ça dans le calme, pour les animaux, tu comprends, ici ils ont besoin de repos et de calme, tu crois que tu peux faire ça ? Je pense aux mots *carnivores* et *viande* sur le tableau, j'inspire les odeurs chaudes de la grange, j'entends un couinement, je pense à mon sac à dos dans la maison d'Arden, à ce qu'il contient, et je dis oui, ça me plairait. J'ai peur de rester dans un endroit si calme mais l'odeur animale me retient. Les mains d'Arden aussi. Je ne le sais pas encore, mais ses doigts qui sentent la cannelle et l'écorce seront ce que je retiendrai d'elle. Je regarde ses ongles noirs, phalanges de vieille personne, empreintes digitales d'arbre centenaire. OK, je dis encore et quelque chose commence dans cette odeur de bête. Oui, c'est peut-être là que ça commence. D'abord il faut préparer la nourriture et l'eau, les vitamines et les médicaments si besoin, suivre les indications du tableau et se faufiler dans chaque box. Certains sont totalement fermés et l'animal reste caché pendant qu'on enlève les gamelles de la veille, la paille souillée, qu'on ramasse la merde. Certains boxes se font rapidement, surtout à deux, d'autres prennent plus de temps. On ne parle pas, Arden me montre et je m'active. Je me fais déconcentrer par les animaux. Dans une stalle, cinq opossums se jettent sur les gamelles pleines et mastiquent bruyamment, ils me regardent avec leurs petits yeux noirs. En tapissant le sol de paille fraîche, je regarde Arden les attraper un à un par l'échine, les tenir immobiles sur ses genoux, leur masser la queue avec une crème poisseuse. Il y a plusieurs renards, chacun dans son box. Eux, dès qu'on entre, ils se cachent. J'ai eu le temps d'en apercevoir un, galeux, émacié, la queue aussi fine qu'un fil de pêche, le museau gonflé de croûtes jaunes, les yeux mi-clos. Il y a aussi des enclos à l'extérieur où les biches restent à distance lorsqu'on perce la glace de leur abreuvoir, où les ratons laveurs nous toisent du haut de leurs cabanes dans les arbres. Les loutres passent la nuit dans la grange et peuvent en sortir au matin au moyen d'une porte guillotine que nous leur ouvrons, les laissant libres de faire glisser leur ventre rond sur la neige dure. Dans l'enclos intérieur, il faut vider leur bassin, le nettoyer et le remplir. Tout est écrit sur le tableau, je me le répète pour me rassurer. Arden me dit qu'elle s'occupera seule des carnivores, isolés en semi-liberté plus loin en forêt. Jeff, lui, est chargé de la maintenance. Il répare, construit, remet en place, surveille. Il lui arrive d'aller chercher un animal après un appel. Ensemble, Jeff et Arden relâchent les animaux qui peuvent retrouver la liberté, mais ça c'est surtout au printemps. Je ne leur demande pas ce qu'ils comptent faire du corps de l'orignale.

Méticuleuse, je suis lente, si lente, et quand Arden vient me chercher pour la pause repas, je n'ai jamais terminé. Je me fais mordre par les opossums qui m'échappent, je vide le tube de crème contre les engelures en quelques jours, la moitié se perd dans la paille. Seule dans la grange, je n'entends que les cris aigus et dolents des loutres et les pas précipités d'animaux refusant de se montrer lorsque je fais jouer le loquet de leur enclos. Je me sens enfermée dans cette bouche bouillonnante et mes vêtements s'imbibent de l'odeur d'urine. Après un sandwich et un œuf dur dans la cuisine, Arden fait une sieste sur le canapé, mon canapé. Je dessine à table en avalant son thé imbuvable. En vérité je passe vingt minutes à la regarder dormir. Sur mon carnet avec mon feutre noir, je trace les contours du canapé et une grande femme aux pieds qui dépassent. Je me dis que ce soir je me coucherai là, et ça brûle sous les joues. L'après-midi je ne sais pas trop où va Arden. Lorsque je croise Jeff ou passe devant l'atelier, accolé à la grange, où il travaille la plupart du temps, je lui fais un simple signe de la main. Je commence par la vaisselle. Gamelles et ustensiles, laver, sécher, ranger pour demain. Désinfecter le plan de travail, vérifier sur le tableau que toutes les cases sont bien cochées. Dehors, au robinet, je nettoie les seaux qu'Arden a ramenés de sa tournée des carnivores. Sang clair et petits morceaux de viande. Les arbres au-dessus de moi semblent m'observer. Je réfléchis. Paille sale, machine à laver, sèche-linge, balai, ronde d'observation des enclos intérieurs et extérieurs, linge à plier, rentrer les seaux propres, réceptionner les dons de couvertures, de serviettes et de nourriture, les ranger, établir des listes.

Aucun geste, aucune odeur pour rappeler l'Ouest et ce qui meurt au matin. Le travail m'accule et fait taire les souvenirs. C'est pour ça que je reste, *I guess.*

Le café est épais, il reste sur la langue comme de la farine trempée. Jeff me regarde, je souris un peu, n'ose pas demander un verre d'eau, avale une longue gorgée pour en finir vite. Il étale le beurre d'arachide sur le pain de mie. Farine noire dans la bouche. Sur le beurre d'arachide, il ajoute un miel liquide. Le marc de café colle aux dents. Jeff enveloppe les sandwiches. Aujourd'hui, il m'emmène en forêt. Marcher sur la neige immobile. Je me racle la gorge, mais le café s'agglutine à l'intérieur comme de l'argile mouillée sur une plaie. J'enfile ma deuxième paire de chaussettes puis mes bottes. Nous sortons.

Cette odeur. Quand la terre se réchauffe un peu sous la neige.

J'inspire fort. Du sentier en contrebas, les branches d'arbres ressemblent aux cils d'un géant ébahi qui bat des paupières. Sous son grand chapeau, Jeff ouvre la marche. Il avance lentement pour ne pas faire de bruit. Dans la forêt il y a tant d'êtres vivants qui se nourrissent de calme. Les corbeaux nous suivent avec leur grand rire et leurs yeux qui cachent des choses. La lumière se glisse entre les troncs élancés des jeunes pins. Nous croisons un groupe de dindons sauvages qui nous toisent avec leur air sérieux. Jeff sort son mouchoir en tissu et s'essuie le nez. Je ne me réchauffe pas. Comme les opossums, je ne suis pas faite pour la glace. Un grand dindon avec sa queue de cuivre en éventail, et sa caroncule qui pendouille, me fixe. Son air figé et sérieux me fait doucement rire. Lui aussi semble avoir des choses coincées dans la gorge. Il se désintéresse soudain de moi, glougloutant en direction d'une femelle. J'emboîte le pas à Jeff, il s'enfonce un peu plus dans la forêt, se dirige vers une rivière, la rivière Babine. Lorsque nous la trouvons, le dénivelé du sentier invisible tracé par Jeff augmente un peu et l'eau devient plus frénétique. Babine s'élargit, ouvrant les bras. Les berges sont gelées, immobiles et figées en de fines sculptures qui ne se brisent pas. Le courant est fort, blanc de remous. Quand nous arrivons aux rapides, cet endroit où la rivière se jette au-dessus des rochers à la manière des saumons, Jeff s'arrête et retire son chapeau. Je jurerais qu'il prie en silence. Je lui demande s'il croit en un dieu. Il laisse échapper un rire, un *ha !* franc. Il s'assoit sur une pierre et je sais que nous allons parler dans le grondement de Babine qui ne laisse pas le froid lui couper le sifflet aussi facilement. Jeff dit qu'il pense que les rivières ont une mémoire et une grande force, et quand il dit *rivière,* il veut dire l'eau, la pierre, la terre en dessous, l'odeur du passage des bêtes, tout ce qui est vivant, dedans et en dehors, et qui vient s'y abreuver, s'y reposer, la traverser. Alors nous deux aussi on fait partie de la rivière maintenant ? Je lui demande. Nous les humains, c'est différent, il me repond. Et puis il plante ses yeux dans les miens. Je dis *plante* parce que ça pique quelque part en moi quand il fait ça. Et là je remarque une chose. Son œil qui semblait éteint est mort. Je veux dire qu'il ne marche pas. Il dit Le soir de l'orignale tu n'as pas répondu à ma question, je vais en essayer une autre. Où veux-tu aller quand tu partiras d'ici ? Son œil de verre est plus clair que l'autre, entre le brun et le gris, une couleur qui n'existe pas vraiment. Il ne dit pas que je ne suis pas obligée de répondre mais ça se voit qu'il le pense. Je crois que j'ai mis les pieds sur une terre où les gens ne parlent pas beaucoup. Il faut parler leur langage pour saisir leur profondeur. Alors je lui dis.

Je viens des plaines. Je viens de la mort. Quand j'ai eu dix-sept ans, je suis partie vivre avec un ami de mes parents. Frank. Il était cultivateur et brasseur de houblon. Moi aussi, j'étais brasseuse de houblon. Dès que je suis allée vivre chez lui, j'ai travaillé avec lui. Mes parents ne sont pas morts. Je ne pouvais pas rester avec eux, c'est tout. Quand je dis que j'étais brasseuse, c'était l'activité principale, brasser. Et nettoyer les machines aussi. J'aimais beaucoup nettoyer les machines. Quelque chose de répétitif, satisfaisant.

Jeff sourit, un sourire tordu. Il dit C'est marrant, avec ses *r* un peu mâchés, *when I asked you where you came from,* t'as rien su me répondre et là je te demande où tu vas et tu réponds finalement à ma première question. Il me fait signe de continuer. La rivière Babine, elle, ne s'est pas interrompue.

À la brasserie, j'avais toujours les pieds dans l'eau. Même avec les bottes au-dessus du genou, je finissais la journée avec les chaussettes trempées. Quand tu m'as demandé d'où je venais, je n'ai pas su quoi répondre. Je ne sais jamais ce qu'entendent les gens lorsqu'ils me demandent d'où je viens. J'ai pensé que tu voulais savoir d'où je sortais, là tout de suite. J'aurais pu te dire que je venais de voir un homme mourir, que je n'avais pas dormi depuis deux jours parce que je faisais du stop pour me rapprocher de la côte et que je voulais voir l'océan parce que j'avais l'impression qu'il me soignerait de la mort. Peut-être que j'aurais dû te répondre Je viens d'un endroit où l'on brasse du houblon dans de l'eau, un endroit imprégné d'eau qui sent parfois l'amer, le clou de girofle et les produits d'entretien. Je travaillais pour un homme que j'aimais comme un père et qui est mort tôt un matin pendant que je dansais dans la pièce d'à côté en écoutant The Clash. J'ai ses cendres dans mon sac, chez Arden. Je ne sais pas quoi en faire, je me suis dit que l'océan ça lui plairait. Mais en fait je ne sais pas trop.

Je dis tout ça sans pleurer, Jeff me regarde sans sourire, avec une énorme tendresse dans son œil qui marche. Ça m'enveloppe, cette tendresse.

Jeff propose que l'on suive Babine jusqu'au lac Petit, c'est là qu'on a trouvé l'orignale. Je me demande si le trou dans lequel elle est tombée s'est déjà refermé ou si la chaleur a déposé un baiser sur la bouche ouverte du lac. Avant de reprendre notre chemin invisible, nous mangeons en silence nos sandwiches complètement imbibés de miel. Le goût de l'arachide me fait du bien mais tout ce que je mange semble m'étouffer.

Arrivés au lac, Jeff demande si je veux dire une prière, à ma manière. Je vais la faire dans ma tête, si ça ne te dérange pas. Il hoche la tête et écoute ma prière silencieuse au bord de l'eau gelée. La couche de glace granuleuse bouge et vient clapoter contre la berge. Je ne savais pas que la glace pouvait danser.

On s'attarde là un moment. Ma prière reste entre moi et le lac, mais je sais que Jeff a senti comme moi ce quelque chose qui se noue quand on rencontre quelqu'un qui nous touche. Sur la route du retour, il me dit deux choses. Un jour prochain, je t'emmènerai à une chute d'eau qui est encore complètement figée, on peut se glisser derrière et s'asseoir entre l'eau immobile et la pierre. Et aussi, je me suis permis de dire deux mots à l'univers à propos de ton Frank, une prière à ma manière.

Je m'approche de lui, pose ma tête contre sa poitrine. Il passe un bras autour de moi. Tout ce temps j'ai oublié le froid de la vallée. Jeff me serre fort. *You're going to be fine.*

Je passe plus de temps avec Jeff qu'avec Arden qui disparaît toujours l'après-midi. Les matinées, elle les passe avec les carnivores, comme elle les appelle. Le soir quand je rentre, je réchauffe la maison, je prépare une casserole de lentilles ou un gratin de pâtes, je passe un coup de balai. Je m'endors tôt, parfois avant qu'Arden ne rentre. Ici on se lève avec les premiers chants des coyotes, alors je dors autant que je peux. Très vite la vie dans la vallée froisse mes mains. Il y a les bûches à enfoncer dans la gueule du poêle qui abandonnent leurs dents dans la pulpe de mes doigts. La glace dans le bac de poissons surgelés qui grignote le sang. Une lame de couteau qui glisse sur un morceau de viande et ripe. Les balles de paille rêche à hisser au-dessus de la tête, le froid du matin qui souffle à travers ma double paire de gants. J'apprivoise la solitude de mes matinées dans la grange. Les odeurs animales qui se mélangent et imprègnent ma peau. Jeff apparaît parfois pour que je l'aide à décharger la paille fraîche qu'on vient de nous livrer. Parfois c'est le garde-chasse qui apporte une carcasse de biche frappée par une voiture et il faut découper des morceaux et les répartir dans les grands seaux. Arden ira plus tard les déposer dans les enclos en forêt derrière la grange, là où je ne vais pas encore. Décrire le refuge, c'est difficile. On aimerait dire que c'est silencieux, il y a cette brume invisible et cotonneuse qui nous sépare des autres vallées mais silencieux, non, c'est tout sauf silencieux. La forêt autour aboie glapit gémit gronde chante hurle pépie pleure boit siffle rit avale pénètre enroule engouffre souffle aspire s'ébroue s'étonne. Cette musique s'accorde à la couleur du ciel, blanc, tuméfié, brun. J'ai installé une chaise de la cuisine dans le coude de l'escalier face à la fenêtre carrée. Des dizaines de coccinelles grouillent sur la vitre et au travers de cette écriture inconnue – insectes, marques noires dans le soir –, je vois la forêt et me demande si Arden est là-bas dans le vert sombre des épinettes. Chaque coccinelle est unique. Un dernier rayon de lumière chaude auréole leurs têtes. Un soir j'ai cru entendre des goélands, comme un rappel de la route qui m'attend. J'ai laissé filer les oiseaux invisibles, les souvenirs qui font chavirer en repensant à Jeff qui me dit que tout ira bien, *you're going to be fine*, et aux animaux qui ont besoin de moi aussi, maintenant que je me débrouille, que je suis efficace. Je ne parle pas aux animaux dans la grange.

Il ne faut rien lier avec eux, ne pas essayer en tout cas. Je pense parfois à l'orignale et à ce cordon entre nous, à mes tentatives vaines de lui insuffler ce qu'il lui faut pour reprendre des forces. Jeff dit qu'Arden ne se remet jamais de leurs échecs. On ne s'habitue jamais à échouer. Moi je crois qu'on ne s'habitue tout simplement pas à la mort.

Je ne vois personne d'autre. Arden, Jeff, les animaux et le garde-chasse du coin. Je ne connais pas son nom. Une fois par semaine Jeff me conduit au village. Au magasin général, avec les sous d'Arden, j'achète du pain au carvi, du beurre d'arachide, du miel, des lentilles, des pommes de terre, du thé et des canneberges pour moi, du chocolat pour Arden qui aime beaucoup ça, quand c'est très sucré. Un jour, quand Jeff me dépose devant la maison, elle est là, sous l'abri à bois, à corder des bûches. Je pose mes sacs sur le paillasson et je lui dis Attends, je t'aide. J'attrape le premier morceau de bois, une écharde se loge dans ma paume, je regarde les mains d'Arden, lisses et blanches, mais si tordues, comme si elle ne vivait pas dans cette vallée, comme si elle avait volé les mains d'une autre. Peau plâtre squelette écorce. Une boule de tourbe enfle dans ma gorge. J'essaye d'inspirer profondément. Arden me dit merci. Le froid du soir s'engouffre dans la vallée et ramène ici le goût de la tourbière qui se trouve derrière la forêt du refuge. Ce goût-là vient s'infiltrer dans ma boule de tourbe qui enfle un peu. Le ciel au-dessus de nous suinte. Les mains d'Arden attrapent les bûches que je lui fais passer et moi j'ai du mal à respirer à cause de cette boule dans ma gorge.

— Tu travailles dur à la grange, merci.

Elle me regarde avec ses yeux qui ne laissent rien passer.

— J'aimerais ça, rester un peu, je lui dis.

Rester.

— J'aimerais ça aussi, dit Arden, et ses bras font comme les branches d'une pruche.

Son dos en point d'exclamation fragile. Alors la tourbe s'effrite un peu en dedans. L'air à nouveau circule un peu. Le bois cordé, le froid bien installé dans la vallée pour la nuit, Arden et moi rentrons. Elle me tend une bière claire et nous nous assoyons sur le parquet autour du poêle. Elle étend ses longues jambes. Je vois les taches brunes sur son pantalon. La bière n'a pas de goût et je me dis que c'est tant mieux. La bière n'a pas de souvenirs. Arden regarde la bouche fermée du poêle. La lumière du feu sur son visage frôle les rides autour de ses yeux et sur ses joues. On ne parle pas, on fait durer la bière devant le feu qui raconte des histoires dans sa langue. Chaque gorgée est un moment avec Arden que j'avale. Dehors, s'il neige, on ne le voit pas. Aucune lumière extérieure ne fait affront à la nuit. Dans l'épaisseur, quelque chose aboie. Arden relève la tête. La chouette rayée, note-t-elle. J'aime ça, la nuit. Les animaux sont enfin tranquilles quand nous allons nous coucher, elle ajoute. Je dis à Arden que j'aime travailler au refuge, que le travail me fait du bien. Elle me regarde, elle me regarde vraiment tout à coup.

— Tout le monde veut travailler avec les animaux, pour avoir la chance de les voir de près, espérant les toucher, créer des liens forts avec eux. Mais ici on ne travaille pas avec les bêtes. On travaille pour elles. On en a vu passer du monde. Au bout de quelques semaines, quand ça se rend compte qu'à la fin de la journée on est juste éreinté, couvert de sang, de merde et d'odeurs d'urine, ça s'en va.

— Bonheur : nom masculin décrivant l'état d'extrême satisfaction que l'on ressent lorsqu'on est recouvert de la merde et du sang d'un animal sauvage.

Le rire d'Arden part au galop comme un coyote en fuite.

Je suis la trace d'un renard sur le sol blanc. Il neige depuis hier soir. Les branches de conifères s'alourdissent et plient. L'air est figé, les flocons tombent gracieusement en mouvements circulaires à la manière des disamares d'érables sycomores. Je suis autant attirée par la beauté de ce qui vient d'au-dessus que par le mystère de l'animal passé là tantôt, dont je rêve de croiser le regard. Je m'arrête parfois pour tourner sur moi-même. M'accorder au mouvement du matin, danser cette volte, parodier la neige. Sentir qu'on fait partie du paysage autrement que par les traces qu'on laisse. Comment les animaux décriraient-ils mon odeur ? Avec quels mots les arbres parleraient-ils de ma démarche, du poids de mon corps sur le sol ? Les pas du renard disparaissent peu à peu sous une nouvelle couche de poudreuse et me mènent à un marécage encore pris par la glace. Tout autour les touffes d'herbes et leur couleur de miel sombre qui se reflètent dans la glace floutent ce territoire que j'arpente et découvre. Parfait camouflage pour la solitude qui soudain me prend à la gorge. Le renard n'est pas là, les empreintes s'enfuient et même les corbeaux m'ont laissée seule. Comment un lieu inconnu peut-il être peuplé de tant de fantômes ? Un trille aigu me fait sursauter. Près de moi, sur une fine branche recouverte d'un lichen vert pâle, un carouge hausse ses épaules orange vif. Une présence ambrée sur le marécage inerte ricoche entre les herbes mortes et l'oiseau. La tourbe dans ma gorge recommence à enfler comme si l'humidité de l'air pénétrait mon œsophage. Moût chêne caramel et la neige se dérobe. Le carouge disparaît avec son cri d'alerte. Alors c'est ça, quelqu'un qui nous manque. L'absence de Frank vient habiter des espaces que nous n'avons jamais arpentés ensemble. Je m'approche de la glace. Fine, elle laisse voir à travers elle l'eau sombre qu'elle emprisonne. Des sillons filiformes semblent avoir été poussés par le vent à la surface. Ils ressemblent à des anneaux de croissance sur une souche d'arbre. De petites bulles informes coagulées et enfermées dans le poing du froid. Je tapote du bout de mon gant. La glace se brise. C'est comme ouvrir une respiration dans le paysage. D'un coup des choses invisibles se remettent à circuler. Au-dessus le ciel est blanc fibreux. Un corbeau que je ne vois pas se racle la gorge. Il ne doit pas être loin. Au moins je ne suis plus seule. Je me redresse et regarde autour de moi dans la dentelle si la présence ambrée est toujours là. Je dis présence parce que je ne sais pas nommer cette chose qui nappe l'endroit. C'est un souvenir une couleur un goût c'est Frank qui m'apprend la langue de la fermentation c'est moi sur un escabeau qui nettoie les cuves de brassage c'est une soirée à chercher le nom d'une nouvelle stout avec nos bottes hautes et vertes et nos fronts trempés de sueur ce sont les mots de Frank pour dire qu'adulte ou adolescent on aime qui on veut on désire qui on veut c'est moi qui danse et chante un matin c'est le cœur de Frank qui passe son tour c'est un dictionnaire qui cherche le mot pour décrire une orpheline avec des parents encore vivants. Je crie et la mantille blanche qui me recouvre étouffe ma voix. Cette chose ambrée n'a plus le goût du miel mais de la bile. Alors je jette ma tête en arrière, bouche ouverte, gorge déployée et je laisse le froid, la neige et l'ambre s'infiltrer. Je préfère que tout cela soit en moi et que mes souvenirs laissent la forêt tranquille. Le corbeau qui se raclait la gorge à l'instant se met à chanter. Sa voix éraillée me touche particulièrement. Sa brisure le rend plus tendre. Je le cherche des yeux mais ne le trouve pas. Je rentre au refuge tandis que le ciel me borde de sa couverture blanche. Le bruit de mes pas sur la neige est un métronome détraqué ou un cœur battant. J'ai du mal à respirer mais quand je regarde ce paysage, c'est beau. J'essaye de trouver une musique à cette météo dans ma tête et tout ce qui me vient, c'est le tambour de mes pieds. Je chantonne sur la route en coupant à travers bois et autour de moi la neige dessine des muscles sur les bras des sapins.

Je réchauffe mes mains contre une tasse de thé, assise dans le coude de l'escalier face à la fenêtre carrée. Le ciel est roué de coups par la nuit qui s'en vient, les cirrus forment des filaments bleu d'encre sur un fond jaune orangé pommelé de formes plus claires. Le ciel est une peau qui vieillit chaque jour un peu plus. Je regarde ça avec des yeux d'enfant, des yeux qui ne se fatiguent pas de voir toujours le même paysage s'assombrir. Ils décèlent les changements de température et les nuances transposées dans les couleurs célestes. Comme tous les soirs, les coyotes aboient et glapissent, leurs voix aiguës de gorge lisse et musclée me parviennent, limpides et familières. Pendant notre absence, les coccinelles de la fenêtre se regroupent en grappe contre le bois d'une des marches de l'escalier. La maison se refroidit vite et les insectes se réchauffent dans cette étreinte collective. Après avoir ravivé le feu dans la gueule du poêle, la chaleur monte enfin vers l'étage. J'observe les coccinelles. Une à une elles se séparent du groupe, s'aventurent sur le plancher et escaladent le mur. J'approche mon index de la première, le pose devant elle pour l'inviter à monter sur mon ongle. Elle s'immobilise. Quelque chose, une sorte d'œuf jaunâtre semble suinter d'une de ses élytres. Une goutte visqueuse. Je retire mon doigt puisque c'est bien ce qu'elle me demande de faire. J'ai dépassé une limite à ne pas franchir. Les coléoptères ont aussi droit à leur intimité. Alors je les regarde s'emparer de la vitre, accaparer l'espace vertical de la fenêtre et obscurcir mon champ de vision. Une sorte d'éclipse d'insectes, petite foule, un égouttement sur cadre carré. Plaque de verre investie par la colonie. J'écoute les coyotes, j'ai faim et j'espère que, ce soir, Arden rentrera avant que je m'endorme.

Je repense à l'orignale, souvent. Je me demande à quoi ressemble le lac Petit au printemps. Jeff m'a dit un jour que les élans traversaient aisément les lacs ou des bras de rivières à la nage. Il a déjà vu une femelle et son veau, dans l'eau, à l'abri des taons. La mère paissait en retenant son souffle, le museau immergé, et le petit barbotait autour d'elle. J'aime leurs longues jambes, elles me font penser à celles d'Arden. Des jambes hautes et fines dont on attend de la maladresse, mais qui finalement tiennent le coup et ne flanchent pas. Sauf quand la glace ouvre la bouche. Jeff décrit l'arrivée du printemps comme si le monde faisait dégorger le territoire. L'eau liquide sort de sa captivité et se déverse, les ruisseaux gonflent, les *muskegs* s'imbibent, les marais débordent sur les langues de goudron. La rivière Babine devient verbeuse, parle, parle, parle et chaque année sa logorrhée emporte les corps de ceux qui tentent de l'interrompre en la traversant. Jeff décrit le printemps comme une catastrophe, pourtant son œil qui marche frissonne et je sais qu'il aime le débordement du temps, je sais qu'il aime voir la terre chahuter l'équilibre humain. C'est excitant d'imaginer que, l'hiver durant, sous la glace et sous la neige se dissimule une complexité ronronnante. On aurait dû appeler le printemps l'éveil. Jeff dit qu'un seul mot pour décrire cette saison n'est pas suffisant. Il faudrait peut-être une phrase entière, différente ici dans la vallée, au bord de l'océan, en haute montagne, voire dans la vallée voisine. Il nous faudrait, en fait, inventer un dialecte du territoire, former un nouveau dictionnaire de cette chose mouvante, changeante et tenace qu'est la nature. Jeff aime l'idée que chacun parle une langue privilégiée avec le territoire, lui n'utilisera pas les mêmes termes ou les mêmes couleurs et d'ailleurs personne ne prête attention aux mêmes choses.

— Toi, à quoi es-tu attentive quand tu es seule en forêt ?

— Je crois que je ne marche jamais seule en fait. Il y a toujours des présences avec moi, qui m'empêchent de bien regarder, d'écouter. Mais, comme ça, je dirais que la forêt c'est l'endroit où les corbeaux rigolent, où des animaux de passage que l'on ne voit jamais laissent une odeur que la neige ne recouvre pas, et puis ce… ce son que je n'arrive pas à définir. Un quasi-silence qui est tout sauf un silence. Mais ce n'est pas un bruit non plus. Tu vois de quoi je parle ?

Jeff hoche la tête. Lui non plus ne parvient pas tout à fait à mettre des mots sur ce mélange de sons et de non-sons.

— C'est un peu comme si le monde autour avait un acouphène qu'on pouvait entendre, tu ne trouves pas ?

— Ah non, encore mieux, c'est comme si on marchait dans l'oreille de la forêt. Tu connais l'histoire du coquillage dans lequel on entendrait la mer mais dans lequel on entend en fait la musique de l'intérieur de notre propre corps ? En forêt on est dans le coquillage, mais l'oreille qui écoute, c'est la forêt et nous... nous on...

— Tu veux dire que la forêt nous prête son oreille ?

— Non, je pense qu'on ne saurait pas quoi en faire. Je ne suis pas sûre qu'on sache écouter comme la forêt. En forêt j'entends des sons, des sons d'ailleurs, qui se réverbèrent dans le paysage. Tu vois, c'est si dur à expliquer, c'est pour ça qu'il nous faut inventer des mots.

Jeff ajoute que si on fabrique un dictionnaire pour aller au-delà de la description d'un paysage comme image figée, il faut aussi faire émerger des termes pour les humains, les traces qu'on laisse derrière nous, nos odeurs, perçues par des dizaines d'êtres différents sans qu'on le sache, ou encore la violence qui émane de nous.

La violence dans l'œil qui marche de Jeff. Nous buvons un thé dans son atelier. Je lui raconte comment ce matin, pour la première fois, un des renards galeux, celui du premier box à côté des opossums, s'est enfin montré à moi. Quand j'ai soulevé le loquet et fait glisser la porte, il était là, posté sur le toit de sa petite cabane, les yeux ronds et pleins. Il m'a regardée vider la paille puante, étaler la paille fraîche, changer les couvertures, ramasser sa vaisselle et inspecter le box sans bouger. Moi, je l'ai regardé le moins possible, je ne lui ai pas parlé, mais j'ai pensé très fort *merci*, j'étais contente qu'il vienne me dire bonjour. Après des semaines à ne pas se montrer, j'ai choisi d'interpréter ça comme une marque de politesse : je suis là, je sais que tu existes. Et là le téléphone de Jeff se met à sonner sur l'établi. Et dans son œil qui marche donc, une violence. Urgence, on embarque, il me dit. Je pose mon thé et j'attrape mon bonnet et mes gants. Dans le camion il m'explique. Il y a des hommes et des femmes qui tentent de repousser le non-humain hors d'un espace délimité. Leur « chez eux », un enclos en soi.

Et cet espace obéit à des règles esthétiques humaines, demande de l'ordre, ce fameux équilibre. Le souci, c'est que nos limites n'existent pas pour la sittelle, l'orage, la biche, la tique, le gel ou le taon. Ils les traversent, les enjambent, les survolent sans le savoir puisqu'elles n'existent que dans nos esprits. On ne manque pas d'imagination pour tuer, dit Jeff au volant du camion. À ce moment, je me demande ce que font les larmes derrière son œil qui ne marche pas. Si ça s'accumule jusqu'à l'assèchement. Si ça lui fait une nappe phréatique d'eau salée. Par la fenêtre, je suis la lisière de la forêt, ou plutôt la cicatrice de la forêt, puisque la route est venue la couper en deux. Nous roulons chez une femme qui a dynamité un barrage de castors sur son terrain. La hausse du niveau d'eau, engendrée par la construction de bois et de boue des mammifères, a déséquilibré la vie de cette femme. L'eau, devenue clandestine, a franchi la frontière invisible du domaine humain. La propriétaire a fermé les yeux sur ce que les castors apporteraient de bon à ses terres. Le cours d'eau gonfle oui, le lit s'élargit, et c'est une aubaine pour la biodiversité, m'explique Jeff, mais l'humain s'en fout de ça, ce qu'on veut, c'est que rien ne bouscule l'ordre de nos choses. Il se racle la gorge. Trois petits sont toujours vivants, l'explosion n'a pas atteint la hutte.

Les parents sont en morceaux. J'aimerais lui dire qu'il peut pleurer devant moi, que de toute façon je suis du côté de l'œil qui ne pleure pas, je ne verrai rien. Nous roulons à la rencontre d'une femme qui parle l'explosif. Bombarderions-nous le niveau de la mer, les tempêtes et la chaleur, si nous le pouvions ? Nous ne parlons pas, parce que les mots pour décrire ce que nous ressentons sur cette route sont laids, vulgaires et violents. Il nous faut garder de la douceur et de la force pour une portée orpheline dont le monde s'est effondré.

Arden est déjà là. C'est elle qui parle avec la femme aux explosifs. On n'entend pas ce qu'elles se disent, la femme nous a simplement adressé un mouvement de menton. Jeff n'a pas dit bonjour, j'ai hoché la tête. Arden a déjà récupéré les petits, chacun dans une caisse de transport. Nous les calons à mes pieds dans le camion. Il faut faire vite, les ramener au refuge et les installer ensemble. Limiter le stress. Je demande à Jeff si sans parents les castors sauront instinctivement construire une hutte, se nourrir, préparer l'hiver. Il dit oui. Il dit juste oui. Après tout ce temps passé à chercher les mots justes, finalement face à la cruauté de l'humain, se taire reste peut-être la meilleure chose à faire.

J'essaye de m'acclimater au froid, à mon nez qui craque si je le pince dans l'humidité du matin. Le gel passe sa grande main sur mon visage, il ferme mes pores comme on ferme des volets en bois. Je sirote un thé bien chaud sur la berge de Babine. Mes jambes s'enfoncent à mi-tibia dans la neige et il n'y a aucune trace de passage sur sa surface fragile. J'inspire profondément l'air à travers les poils gelés dans mes narines et je masque mes yeux avec un bandana offert par Jeff. À force d'entraîner mon odorat à détecter et identifier les traces olfactives de la forêt, je parviendrai à transformer ma façon de sentir. Les odeurs sont comme des verbes, certaines peuvent se conjuguer à plusieurs temporalités : l'odeur très spécifique de la première inspiration que l'on prend au-dehors à l'aube n'est pas la même que la dernière inspiration que l'on prend au-dehors avant de rentrer pour la nuit, celle d'un moût aujourd'hui n'est plus la même depuis la mort de Frank, car elle s'accompagne d'une certaine nostalgie, l'odeur du box d'un animal tout juste arrivé au refuge, angoissé par ma présence, sera bien plus forte que lorsque l'animal se sera habitué à mes passages silencieux. J'imagine qu'on ne hume pas Babine de la même manière en hiver et au printemps. Que faire des odeurs qui ne durent pas ? Comment entraîner notre mémoire à s'en souvenir ? Que ce que l'on sent devienne inépuisable, s'inscrive dans nos narines, sortes d'odeurs-peintures-rupestres. Parfois quand je suis près de Jeff, près de son manteau pour être précise, j'ai l'impression que ça fait revenir l'odeur de Frank. Mais je crois que mon corps mélange une odeur et un sentiment. Parfois la frontière entre les deux est infime. Arden ne sent rien. Je veux dire que mon nez n'a pas apprivoisé ce qui émane d'elle, ses fragrances. La maison, oui. Par exemple, le salon au lever du jour pourrait se définir par un mélange de cendres froides s'échappant de la gueule du poêle et d'air glacé du dehors se glissant dans les interstices. Devant la fenêtre, dans le coude de l'escalier, il y a celle des coccinelles. Je n'ai pas encore trouvé de mots humains, en tout cas pas dans mes deux langues et demie, pour la raconter. C'est un parfum de courant d'air, de corps mêlés, d'excitation et de détermination. Et bien sûr le vestibule avec son fantôme de chien. J'ai demandé à Arden si elle avait déjà eu des animaux domestiques ici. Elle m'a répondu non, elle savait en s'installant au refuge qu'elle n'aurait pas le temps de s'en occuper. Elle a choisi les animaux sauvages. Cet effluve de muscles et de poils mouillés se concentre dans le vestibule et ne le quitte pas. Peut-être s'évapore-t-il à l'extérieur quand on ouvre la porte, car jamais je ne l'ai perçu dans le salon. La seule odeur que je peux associer à Arden est celle d'un col de t-shirt. Celui qu'elle m'a donné le premier soir. Mais sur le coup je n'ai pas respiré, je n'ai pas reniflé, je ne faisais pas attention. C'était le soir de l'orignale, j'avais d'autres choses sur le cœur. J'avais fermé toutes les écoutilles. Maintenant ma propre odeur et celle de la lessive se sont assemblées sur le col du t-shirt mais, si j'inspire à fond le tissu et que je me concentre fort, il me semble percevoir autre chose. Mais là encore je n'ai pas de mots pour raconter. C'est une odeur qui s'échappe, qui m'échappe. Au bout de quelques jours au refuge, un arôme s'est posé sur la peau de mes mains : l'odeur du sang séché et d'un sursaut animal. Elle n'a pas vraiment disparu mais elle fait maintenant partie de moi, mon nez n'y prête plus attention.

Je suis debout dans la neige avec mon thé et Babine parle parle parle avec sa grande langue qui glisse dans sa mâchoire glacée et j'essaye de muscler mon odorat. En masquant mes yeux je tente d'occulter ce que je pourrais voir, couleur forme relief dégradé courbe texture mouvement, mais le plus dur c'est de ne pas penser à ce que j'entends. Finalement j'associe l'odorat à l'ouïe et ça fausse mon dictionnaire. Peut-être Babine est-elle trop bruyante pour mon nez, pour mon cerveau ? Je rectifie : peut-être que mon cerveau, mes oreilles et mon nez ne sont pas encore capables de faire leur travail, chacun de son côté en même temps. Tenter l'exercice à la tourbière pourrait être plus facile pour moi. Bien sûr, il y aura toujours des sons. D'ailleurs Jeff voudrait m'accompagner une prochaine fois, pour se pencher plus sérieusement sur ce fameux vocabulaire des sonorités de la forêt. Lui c'est le son qui l'intéresse. Je prends un jour de repos par semaine. La veille au soir, je prépare tout ce qui peut être préparé pour faciliter la tâche d'Arden qui s'occupera de la grange à ma place. Jeff ne s'accorde qu'une après-midi de temps en temps, ou part une heure plus tôt un soir ou l'autre. Souvent il me propose d'aller marcher en suivant la langue de Babine. Il me dit encore combien au printemps elle fait gonfler ses mots, ses lettres s'arrondissent et font de grandes voyelles qui débordent de son lit. La prochaine fois nous irons en forêt pour écouter et composer notre herbier mental de sons sauvages. Là, il est temps pour moi de rentrer. Il neigeote. Les flocons paraissent fins mais j'ai l'impression de marcher dans l'épaisseur grise de l'air devenu corps palpable. Soudain j'entends le grincement d'un sommier en fer. Quatre coups secs et éraillés. Je me retourne. Un quiscale bronzé qui jure dans le paysage ouaté avec sa tête bleu-violet. Il se tient de profil par rapport à moi, je ne bouge plus pour qu'il reste encore un peu sur sa branche. Je suis la courbe de son bec solide et tombe nez à nez avec son œil jaune vif. Sa pupille noire ne laisse rien passer, un peu comme l'œil qui ne marche pas de Jeff. Je n'ai pas bougé mais le quiscale s'envole, les oiseaux ça voit tout. Je regarde son dos de plumes d'airain se faire engloutir par la forêt. Tout a une bouche dans la nature. Moi aussi, me faire avaler.

Devant la fenêtre aux coccinelles, j'attends. La lumière du soir n'est jamais tout à fait la même. On dirait que le ciel offre une palette de bruns, ciel pelage de bête. Si je ne bouge plus du tout, je peux entendre les coccinelles se décoller les unes des autres, former une procession désordonnée sur le plancher, grimper la paroi du mur pour prendre leurs quartiers sur la vitre. La vitre, elle, se tache de leurs empreintes de pattes qui laissent des petits ronds graisseux. Chaque soir, c'est la même chose, certaines vont se regrouper dans le coin gauche du haut, d'autres à droite. Certaines passent leur temps à marcher sur le paysage derrière la vitre, et d'autres explorent le mur, s'avancent presque sur le plafond. Je dis d'autres mais elles ne sont que deux à contourner la fenêtre et chercher la hauteur, ou la solitude. Je les dessine sur mon carnet. L'une a cinq points assez grossiers, l'autre a les élytres orange et des points – six je crois – plus petits et bien ronds. Je me concentre à nouveau sur la fenêtre derrière laquelle il a l'air de ne rien se passer, pourtant, si je détourne le regard, la lumière a étalé ses couleurs un peu plus loin, les arbres ne se ressemblent plus. Je pense au rire d'Arden qui se tapit au fond d'elle comme un animal acculé dans son terrier. L'entendre rire m'a fait du bien, c'était un cadeau, le genre d'émotion qu'on a quand on croise un nocturne avant l'arrivée du crépuscule. Comme le jour où j'ai vu la petite nyctale. Elle portait ses ailes en couverture et m'avait inondée de son regard surpris, plein de lumière jaune. Le rire d'Arden avait provoqué ça aussi. Une inondation de printemps aurait dit Jeff si je le lui avais décrit. Mais j'ai gardé ça pour moi. Ce genre de cadeau se garde pour soi. J'entraîne mes oreilles à se souvenir du rire qui déborde d'Arden. Je me dis qu'un jour il sera bon de l'avoir en moi. Alors que dehors ça devient noir brunâtre, une coccinelle marche sur ma cuisse, arrivée là sans que je m'en rende compte. J'avance délicatement ma main à côté d'elle, la pose, pas trop proche pour éviter l'écoulement défensif. Elle envisage mon poing qui a la forme d'une entrée de caverne, escalade mon pouce et entre. Je sens ses minuscules pattes sur mes phalanges alors qu'elle remonte sur ma paume, tête à l'envers, une chauve-souris rouge à points, puis elle s'arrête. Pour réfléchir peut-être. Ou ajuster sa vue. Je me demande si les coccinelles voient bien ou si elles perçoivent, goûtent et sentent.

Doucement je tourne mon poignet, la caverne à l'envers, j'ouvre la main et lui laisse le temps de s'acclimater à mon corps. Pour lui envoyer des signaux positifs, je pense au rire d'Arden qui me submerge et la coccinelle remonte le long de mon bras. Je ferme les yeux. Le rire d'Arden s'arrête dans le pli de mon coude sous le pull, chatouille et continue sa route. La fenêtre devient carré noir. Ces temps-ci la lune doit veiller sur une autre vallée, les nuits sont sombres et les étoiles discrètes. La lueur brune a disparu, Arden n'est pas rentrée et la coccinelle sur mon ventre s'arrête au bord de mon nombril. Je relève mon pull pour la regarder. On dirait qu'elle hésite, quelque part entre une réflexion et une indécision. Voilà qu'elle s'installe dans la cicatrice la plus vieille de mon corps, et fait vraiment le même mouvement qu'un chien qui se couche.

Blanchâtre et fine, constellée de petites entailles, ouvertures ou traits d'union, elle s'arrache en tout petits lambeaux sensibles, sorte de vieux papier peint acceptant d'être détaché de son mur uniquement par petits bouts, bien montrer que partir est ardu et prend du temps.

Épaisse d'un gris-vert aux reflets bleutés, un genre de bleu soir, les craquelures sont profondes et cartographient un damier irrégulier à la surface. Dessous, on devine la chair à vif qui laisse passer des respirations, dessus ça bande les muscles contre l'extérieur.

Ici des coups de dents : deux canines enfoncées dans l'épiderme à sec.

Cercles blancs striés d'un alphabet imaginaire, le vert léger d'un pinceau d'aquarelle plongé dans un verre d'eau.

Là, l'épaisseur trahie par des coups de griffes verticaux, un brun de pain sorti du four. Et sous un œil cerné qui regarde bien droit devant, des petites taches noires en relief, en pores gonflés.

La peau des arbres n'est ni fragile ni résistante au toucher, mais au regard c'est encore autre chose. Je passe mon doigt sur les flaques de lichen script et leurs lettres en braille, je me demande ce que cette chose vivante ressent : une agression ou une rencontre ? À la lisière de la tourbière, les sveltes trembles sont beaux en hiver. La lumière du soleil blanc habille leurs branches fines qui ressemblent à de longs doigts. Aujourd'hui il ne neige pas. Je viens amputer les arbres de quelques phalanges pour les ramener aux castors orphelins que j'ai appelés les Tannerites en me disant que prendre secrètement le nom de l'arme qui a détruit leur famille, c'est rire au nez de la violence. Jeff aime l'idée, Arden a fait semblant de ne pas m'entendre, mais je crois avoir décelé un tremblement au coin de ses lèvres, un sourire retenu par la mâchoire. Je rentre au refuge avec mes bouquets dans les bras, offrandes aux incisives des Tannerites. Il est encore tôt, je me suis réveillée cette nuit après un rêve où je marchais dans la forêt en tenant dans ma main un cordon, une liane d'un vert très clair qui palpitait contre ma paume. J'étais faite de sursauts, je voyais entre les arbres la silhouette d'un homme assis que j'essayais d'approcher, le cordon se tendait comme si quelqu'un à l'autre bout de la forêt tirait dessus et m'éloignait de l'homme assis. Je me suis réveillée en sursaut. Il faisait encore noir au-dehors, j'ai enfilé des habits chauds, mes chaussures et mes crampons dans le vestibule et suis sortie. Le petit halo blanc de ma lampe de poche éclairait mes pieds et la glace. Le froid m'a donné un grand coup dans le dos, ça m'a sortie de la somnolence. Dans l'épaisseur j'ai entendu les coyotes aboyer, pleurer et rire comme ils savent le faire. Je ne comprenais pas ce qu'ils disaient, mais j'ai marché jusqu'à l'atelier de Jeff avec leurs notes qui flottaient dans le ciel et c'était bon, ça m'éloignait du rêve. L'homme assis, j'avais bien peur que ce ne soit Frank alors il fallait que j'en sorte et surtout que je n'y retourne pas. Dans l'atelier j'ai allumé la lumière et suis allée chercher la clef du mobile home aménagé par Jeff et Arden derrière la grange en lisière de forêt. On l'appelle la hutte. Ils y ont installé quatre espaces avec des petites piscines rondes profondes pour les animaux semi-aquatiques en convalescence l'hiver. Les trois Tannerites se partagent un espace en face d'un castor adulte se remettant d'un coup de fusil et d'un rat musqué à trois pattes dont j'ai oublié l'histoire. En entrant, j'ai fait claquer ma langue contre mon palais pour me présenter et j'ai terminé ma nuit dans la chaleur des pelages épais et les gémissements des orphelins.

Je m'y sentais bien. Je n'ai plus rêvé. C'est Jeff qui m'a trouvée là et on est allés boire un café épouvantable dans son atelier. Il m'a dit qu'un peu de marche me ferait du bien, qu'il s'occuperait de la grange et que je n'avais qu'à aller marcher et chercher des branches de trembles pour les castors. J'ai peur d'aller en forêt et de voir un homme assis, j'ai dit. Alors fais l'inverse de celle que tu es dans ton rêve, et continue de suivre ton cordon, m'a répondu Jeff. Avec ma langue j'ai fait rouler un grain de marc de café derrière une dent.

Je ramasse les mains d'arbre et une pomme d'Adam me pousse dans la gorge. Pour éviter de rencontrer l'homme assis de mon rêve, je regarde les troncs et leur peau. Je m'attarde sur chaque ligne, chaque tissu, chaque ossature. La pomme d'Adam gonfle et me fait tousser. Mes jambes s'agitent et mon rêve occupe tout l'espace de la forêt. Il faut que je dise à Jeff que pour constituer notre herbier de sons il faut d'abord régurgiter les rêves agités. On ne peut pas avoir une conversation quand on voit des hommes assis, il me semble. Ce matin les corbeaux ne me disent rien qui vaille. Je marche en me raclant la gorge dans la forêt qui paraît plus concrète sans la neige qui tombe. Depuis que je suis ici, le soleil est voilé, emballé dans du coton.

La quasi-absence d'Arden me force à parler aux choses et aux êtres qui peuplent la maison. Insectes, poêle à bois, fenêtre, rayon de lumière, fils d'araignée, miettes sur la table. Je salue même le vestibule lorsque j'y passe. Avec son odeur de chien, il me tient compagnie. Ensommeillée, je retourne dans la forêt, mais cette fois je n'ai plus rien dans les mains. Les troncs d'arbres se mettent à gonfler. Quelqu'un toque sous l'écorce. Des poignées se dessinent, pourtant chaque fois que j'avance pour ouvrir ces trappes éphémères, voilà qu'elles disparaissent déjà. Cela dure un temps qui ne se compte pas. Je vois Jeff sous son chapeau, je me demande si c'est vraiment lui parce qu'il n'a plus son œil de verre mais bien deux yeux qui voient. Il dit quelque chose comme Ce n'est pas à toi de sortir, c'est à lui d'entrer. Alors lorsque le *toc toc toc* revient, je dis bien fort Entre, et le tronc d'une pruche s'ouvre. Je me réveille. Sous mon t-shirt, la coccinelle dort toujours, lovée dans mon nombril. Chaque soir maintenant elle délaisse le mur, la fenêtre, le plafond et sa communauté pour venir s'y coucher. Je la sors du sommeil avec mon annulaire et je la dépose sur la grappe d'élytres rouges, orange et jaunes. Tout de suite, elle se fraie un passage dans la mêlée immobile. Dans ma gorge la boule de tourbe bougeotte un peu, comme si les dizaines de vies microscopiques à l'intérieur s'animaient.

Dehors, il pleut. Pour la première fois depuis que je suis ici. Je sors sur le chemin recouvert d'une couche de glace qui craquelle dans cette chaleur liquide de courte durée. Je reste un moment sous un sapin baumier qui se dresse à côté de la grange. Je suis assez petite pour trouver refuge sous ses bras. La pluie me fait un bien fou, les gouttes qui glissent sans éclater dans les aiguilles de l'arbre me tombent sur le front ou sur les joues. Je n'aurais jamais cru recevoir une telle tendresse de la part d'un arbre et de la pluie. Je ressens soudainement une vibration qui provient du tronc contre lequel repose mon dos. Quelqu'un toque à travers une porte invisible. Mon cœur se met à sursauter, me voilà dans mon rêve. *Toc toc toc.* Je sais que je devrais dire Entre mais je n'y arrive pas. *Toc toc toc.* Je ne suis pas prête à voir Frank et à lui demander pardon. J'entends au fond de mes oreilles cette chanson que j'écoutais quand son cœur s'est arrêté. Moi qui danse et lui qui tombe. *Toc toc toc.* Ma boule de tourbe bloque à nouveau l'air, j'essaye de prendre mon inspiration, mais seul un filet minuscule, un cheveu d'air parvient à traverser ma trachée. *Toc toc toc* et je m'allonge sur le côté dans la glace qui fond. Mon visage contre la boue grise trempée. Points noirs devant les yeux. Cage thoracique fermée à clef. Tout se joue dans la gorge, la boule de tourbe gonfle encore, elle boit la glace et enfle mais ne déborde pas. *Toc toc toc*. La pluie se change à nouveau en neige. J'ai l'impression qu'on tambourine sur mon corps, de l'intérieur, mon corps qui sonne creux. Je sens de fines pattes sur mon épaule, une araignée géante et blanche. *Redresse-toi. Toc toc toc.* Derrière les points noirs, ma vision en altocumulus chargés d'orage. *Redresse-toi.* L'araignée me tire à elle en me mordant l'épaule. Je me redresse. Il faut ouvrir la porte à Frank. L'araignée tire encore sur mon épaule avec ses longs doigts. M'enlace. Je laisse ma tête reposer sur son corps énorme en laissant Frank toquer à la porte du sapin baumier. Noyé dans la sève d'ambre. Dans mon oreille *toc toc toc*, Frank toque à la porte et le cœur de l'araignée bat aussi fort que le mien. Ses pattes me bercent sous la neige, je n'ai pas froid. Le sang circule et l'air retrouve son chemin. Je ravale ma boule de tourbe. D'un doigt, l'araignée pointe le haut de l'arbre. En étreinte contre le tronc, un pic mineur mâle, neige et feu. Longue langue et goutte de sang sur la nuque. *Toc toc toc.* Il n'y a pas de porte. Frank n'attend nulle part. C'est moi qui me suis décalée, désorientée. Derrière la porte invisible du sapin baumier, c'est moi, rien que moi. Arden avec ses grandes mains blanches arachnéennes me serre contre elle.

— Je dansais, Arden, je dansais quand Frank est mort. C'était comme mon père.

— Tu n'y es pour rien. Et danser pour accompagner quelqu'un dans la mort a même quelque chose de beau, dit-elle en me berçant.

Trace invisible des chélicères sur mon épaule, sursaut sous la peau.

Jeff et moi sous les arbres, deux paires de chaussettes dans les bottes trop grandes d'Arden, j'ai du mal à me concentrer sur ce que l'on est venus faire ici tant j'ai froid aux pieds. Il est tôt, nous avons une demi-heure avant de devoir rentrer au refuge et commencer la journée de travail. Jeff s'est dit qu'il fallait qu'on fasse une écoute matinale et une écoute en début de soirée pour établir notre herbier sonore. Il me bande les yeux. Une fois dans le noir, le corps doit s'habituer à la perte de repères visuels. Je perds l'équilibre, un pied enfoncé plus profondément dans la neige que l'autre, un côté plus lourd, se redresser. J'ai toujours cet instinct qui m'intime de humer, sentir, inspirer, j'essaye de le chasser. C'est moi qui commence, Jeff écrit sur un carnet les mots que je tente de mettre sur ce que j'entends. Puis ce sera à son tour d'être l'oreille. Quinze minutes chacun.

Répétitions. Ritournelles.
Rythme d'un piaillement, trahison d'un contretemps.
Crépitations.
Notes d'au-dessus, d'autour et du lointain.

La neige parle à voix basse / dans sa tête. Lorsqu'elle a fini de tomber, son du flocon qui fond sur l'écorce ou qui se joint aux autres sur le chemin glacé.
Rires.
Nos propres respirations qui s'accordent au temps.
Tiraillements, soupirs et disparitions.
Vibrato.
Une rumeur qui se révèle en crescendo.
Froissement chaud.
Hésitations.
Quelque chose vibre dans le blanc et tranche la noirceur des conifères.
Des basses agitées jaillissent d'en dessous.
Rires.

Il faut aussi penser aux sons que l'oreille humaine ne perçoit pas. Tout ce à quoi nous sommes sourds. Sur le chemin de la grange, Jeff dit que le matin la forêt raconte des histoires du bout des lèvres et que le soir elle chante de sa voix de tête. Et la nuit ? Il refuse de sortir la nuit. Il dit que l'humain colonise déjà assez l'espace sauvage ou ce qu'il en reste. La forêt a aussi besoin de notre absence. Alors je continue de regarder la nuit comme on regarde un artiste peindre. La main du peintre, le ciel ou la lumière. Derrière la fenêtre aux coccinelles, j'observe de loin l'absence humaine dans les bois et je me dis soudain que cette musique-là, celle que la forêt orchestre lorsque nous n'y sommes pas, je ne l'entendrai jamais. Quand nous en reparlons, Jeff et moi, on se dit finalement qu'être en forêt ce n'est pas marcher dans son oreille mais plutôt dans sa bouche. Il y a autant de vibrations, de tremblements et de respirations que de notes, mais tout fait partie de cette musicalité impossible à décrire. Chaque arbre est unique avec sa morphologie, sa peau et sa mémoire, alors le vent qui passe sa main dans ses branches aura chaque fois un autre timbre. Marcher en forêt, c'est un peu se promener dans une caisse de résonance, dit Jeff. Moi j'ai l'impression de monter sur une scène où se joue une pièce de théâtre, et plus j'y réfléchis, plus ma présence désamorce l'acte en cours. Je cherche toujours un rôle à ma présence. Qu'est-ce qui se tait quand nous sommes là ?

Je vais souvent voir Babine avec Jeff, il la connaît bien, de tout son long. Il a arpenté les sentes d'animaux qui longent l'eau bavarde, l'eau qui ne se laisse jamais avaler totalement par l'hiver. Je sais qu'elle termine sa litanie dans le lac Petit mais je ne suis jamais allée jusqu'à sa source. Je décide d'y aller seule, voir si la rivière a plusieurs gorges, si elle fait passer entre ses lèvres un chant diphonique ponctué de notes vibratoires et d'expirations hachées. Je tente de décomposer son chant, ses chants. Voix complexe, maîtrisée. D'abord, est-ce que le mot *rivière* se rattache seulement à l'eau et au mouvement ? Ou bien la rivière est-elle aussi rochers, branches, feuilles, aiguilles, troncs d'arbres morts, mousse, lichen, cincle plongeur, loutre, terre, invertébrés, ombres comme le pense Jeff. La glace et la neige, un étau. Babine cascade, blanche, sur quatre étages de rochers trempés et doux, passe sa langue râpeuse sur leur dos bossu. Cette langue se fend en deux, devient reptile. D'un côté elle rigole joliment avec ses reflets auburn et verts, d'un autre elle s'impatiente et marche sur ses propres pieds, s'immisce dans une ouverture comme un filet d'air, se ride de marques de vie avant de rejoindre l'effervescence des rapides plus bas. Ce que j'entends : trois basses continues. L'une vient du fond de la poitrine, une autre est plus claire et une autre encore rappelle une tempête de vent dans la prairie. Je me rapproche, tends l'oreille. Des accents plus prononcés, des arythmies se distinguent. Il n'y a pas d'hésitations, tout est confiant. Par endroits, Babine est calme, presque immobile, telle une flaque d'eau. On la croirait autre. La voilà qui chuchote, prête à écouter peut-être. Soudain docile, elle tolère la marche tendre et précise des gerris. Leurs pattes fines glissent sur l'épiderme encore froid de Babine. Les gerris entendent sûrement d'autres tonalités. J'observe leurs glissements et les ondes silencieuses à la surface qui apportent une cadence nouvelle, modulent le rythme de Babine. Je les croque un peu gauchement dans mon carnet, je dois garder mes gants pour ne pas avoir froid trop vite, je remplis ainsi des pages entières de ces perturbations que Babine semble recevoir avec contenance. Je me suis souvent demandé si elle avait plusieurs personnalités ou si ce bras, situé en aval de Lac Petit, si paisible, plus étroit et moins profond était en fait un autre âge, une autre vie. Les sons inaudibles de ce lieu d'échange, là où les longs doigts des gerris pianotent sur la peau de Babine, font partie de ce trésor inouï que je ne posséderai jamais. Pas dans cette vie. Je note quelques mots dans le petit carnet, pour notre herbier sonore, mais ce sont surtout des mots de vide, d'absence, de secret, d'impalpable. Les corbeaux me raccompagnent au refuge. Je me suis habituée à leur présence comme je dois bien m'habituer à la lumière ambrée qui m'approche dès que je pénètre les bois sombres. Je crois que les corvidés la perçoivent, car lorsque je croise leur regard et qu'elle m'accompagne, un reflet de sève coulante se dessine dans leurs pupilles opaques. D'ailleurs, c'est comme ça que j'ai su qu'elle n'était pas malveillante. Les corbeaux me l'auraient dit, sinon. Je leur fais confiance comme je fais confiance aux arbres.

Depuis la crise d'angoisse sous le sapin baumier, Arden rentre le soir à des heures où je tiens encore debout. Assise devant la fenêtre aux coccinelles, j'entends la porte du vestibule s'ouvrir quand la langue brune du ciel a lapé toutes les têtes d'arbres. La forêt, cette foule. Je regarde mes mains gercées de ridules et de sécheresse. Je pense aux mains d'Arden, à ses doigts. Comme si de son poignet avaient poussé de fines branches de trembles, blanches et lisses. Ce soir nous mangeons toutes les deux devant le poêle. Jeff lui a dit que je rêvais beaucoup. Elle me demande de lui raconter mon dernier rêve. Alors j'essaye de trouver les mots pour décrire ce rêve où je marche dans une forêt dont les arbres sont tous reliés les uns aux autres. Les pins noirs aux peupliers, les sapins baumiers aux pruches. Leurs branches se joignent et se nouent. Il n'y a plus d'extrémités, plus de fins. Chaque ramification en enlace une autre. Les écorces s'articulent. Je vois les mésanges et les sittelles qui ne volent plus mais glissent sur l'infini réseau de bras sombres recouverts d'une fine couche de givre. Les branches basses m'obligent à les enjamber. Je caresse des nœuds aussi gros que ma tête. La forêt grince, les corbeaux, eux, ne sont plus là, j'entends les arbres pousser et pousser et les nœuds se former, entrelacs de chair brune ou noire. Bruits d'articulations qui craquent. Deux arbres s'enroulent l'un autour de l'autre depuis le sol jusqu'à leur cime chauve. Gonflés et pulpeux, je les caresse et tente de passer mes doigts dans les plis, là, à l'endroit précis de leur étreinte. Il y a aussi ceux qui poussent à l'horizontale, surgissant d'un mur d'humus. Les branches poussant vers le bas s'enfoncent dans la terre, font fondre la neige et le sol à leurs pieds craquelle et je ne sais pas trop si ce sont les racines en dessous qui tentent de sortir ou si ce sont les branches qui pénètrent la terre pour rejoindre la vie souterraine. La lumière est faible sous ces arbres qui n'en forment qu'un. Est-ce alors encore une forêt ? Je me retrouve face à un mélèze géant couvert de broussins qui lui font des bourrelets charnus, des excroissances lisses et des verrues qui s'entortillent sur elles-mêmes. Je me rapproche de son tronc boursouflé et de mes bras je tente de l'enlacer, mais il est bien trop large pour qu'une seule personne en fasse le tour. Je pose ma joue contre lui. Ferme les yeux. J'entends la sève qui circule en lui, ou peut-être une rivière. Je reconnais le chant diphonique de Babine à l'intérieur. Et soudain je sens des mains qui serrent les miennes. Quelqu'un de l'autre côté du tronc. Je me réveille.

Arden ne parle pas tout de suite. Son visage se fige, illisible. Je crois qu'elle essaye de dessiner dans sa tête cette forêt impossible, forêt de nœuds et de peaux. Qu'elle me rencontre par mes rêves.

— Et ces mains qui viennent de l'autre côté du mélèze, demande-t-elle alors, qu'est-ce qu'elles t'ont fait ressentir ? Tu as eu peur ?

— Non, enfin je crois que dans le rêve ça me surprend parce que je pense être seule. Mais je crois que je sais que ce sont les mains de quelqu'un que je connais.

— Frank ?

— Peut-être. Mais cela pourrait aussi être Jeff.

J'aimerais rajouter « ou peut-être toi ». Mais je ne dis rien. Nous discutons de nos journées de travail, surtout des miennes. Le nez d'Arden est droit, un peu long et mes yeux descendent le long de son arête, remontent vers ses yeux fatigués. Je peux passer un temps infini à tenter de décrire les sons et les odeurs de la forêt, de la rivière, mais décrire la bouche d'Arden ou son visage me semble impossible. Lorsqu'elle s'allonge sur le côté comme ça, sur le parquet chaud, elle ressemble à un tronc d'arbre tombé en travers d'une rivière. Et en moi cette envie ardente de la traverser, cette rivière.

Je marche sur un sentier qui se faufile à travers bois jusqu'à la petite maison de Jeff, sa cabane de chercheur d'or. Nous buvons un verre de vin et Jeff aiguise les lames de ses couteaux, assis à la table. J'écris dans notre carnet quelques mots nouveaux pour notre herbier sonore, je lui parle d'odeurs et de la lumière ambrée qui me suit dans la forêt, lui raconte mes rêves mais surtout je ne parle pas d'Arden. Lorsqu'il est concentré, Jeff tord la bouche et son œil qui marche est un caillou trempé au fond d'une rivière. Le goût du vin trompe mes sens et j'écris des choses dans l'herbier qui n'ont rien à voir avec la forêt. J'en parle à Jeff qui pense à tout ce qu'on dépose dans les bois, comme le goût de nos peurs, la trace olfactive de notre passage et ma lumière ambrée. Finalement je lui demande comment Arden et lui se sont rencontrés. Alors Jeff me dit.

Elle avait dix-sept ans et moi trente. J'ai grandi un peu plus au nord d'ici, dans une autre vallée. Elle, elle ne le dira pas mais elle vient des prairies, d'une famille anglophone. Elle s'est enfuie de chez elle, quittant en même temps sa famille et l'anglais.

Elle s'est extirpée de sa langue maternelle. Tu vois, parfois ça lui échappe, l'anglais je veux dire, sous l'émotion ça revient.

Il change de couteau. Je regarde la pierre à aiguiser avec mon cœur qui bat fort. Entendre parler d'Arden réveille quelque chose dans mon ventre. Une excitation interne et profonde s'acharne.

Je travaillais de nuit dans une station-service. Arden y a débarqué un soir. Une espèce de grande ado paumée. Elle a pris un café, elle avait l'air crevée, je l'ai trouvée belle. On a beaucoup parlé, elle en avait besoin, je crois. Moi j'avais besoin d'écouter, je n'avais pas grand monde à écouter à l'époque. Personne de très intéressant, *anyway*. Elle parlait d'une ferme dans les plaines, de ses parents éleveurs de bétail. Elle m'a tout de suite parlé de son frère aussi, je ne veux pas t'en dire trop, mais son frère c'était un bourreau, un fou sadique. Il l'enfermait avec le bétail la nuit. Tu sais, ses mains toutes tordues ? Piétinées par les bêtes qui ont eu peur d'un orage. Elle dormait quand le ciel a commencé à frapper la terre, plusieurs bêtes lui ont marché dessus. Elle m'a tout raconté, c'était intenable d'entendre ça, je ne peux pas tout te dire. Il lui faisait manger des poignées entières de coccinelles, la forçait à mâcher et avaler des nuées entières. Il la frappait, lui crachait dessus. Avant de prendre l'habitude de l'enfermer dans l'étable, il la rejoignait dans son lit pour lui uriner dessus. Elle racontait ça avec un aplomb assez incroyable, sans ciller, pas une larme, pas un tremblement dans la voix, rien. Il fallait que ça sorte. Et c'est sur moi que c'est tombé. Quand elle a eu fini de me détailler toutes les horreurs que lui faisait subir son frère à la ferme, elle m'a demandé si je parlais français. Je le parlais très mal, mais je comprenais un peu. Alors elle s'est mise à parler en français. Elle avait un accent, comme moi, qu'elle n'a plus aujourd'hui. Elle a réussi à muscler sa mâchoire pour effacer la moindre trace de sa langue maternelle. Je vivais dans mon pick-up à l'époque. Le salaire de la station me permettait de rembourser un prêt que j'avais demandé pour payer une formation de mécanique. Je n'avais pas grand-chose mais j'étais prêt à partager le peu que j'avais avec Arden. On a vécu ensemble dans mon pick-up pendant un long moment. Puis elle a trouvé un job dans un bar du centre-ville. Elle avait des cheveux gris avant d'avoir vingt ans. Je me souviens que je me suis dit que ça voulait dire beaucoup de choses, des choses que je ne comprendrais sûrement jamais. Nous sommes devenus amis, de vrais amis.

Ce soir Jeff parle alors j'écoute, j'essaye de l'écouter comme nous écoutons la forêt, le corps grand ouvert. Il raconte Arden et j'imagine une jeune femme avec un grand nez qui défie le monde, une jeune femme qui ne sera jamais une adulte comme les autres. Une jeune femme aux cheveux blancs et aux mains piétinées par la cruauté. J'entends dans le coquillage de mon oreille les phalanges d'Arden craquer sous les sabots des jeunes taureaux, l'orage qui explose au-dehors et celui qui implose dans l'étable, dans le cœur d'une adolescente que l'on découpe en petits morceaux d'humiliation et de violence. Il me semble apercevoir son frère, je ne lui donne aucun visage, sous une pluie d'août, fumant une cigarette épaisse, écoutant sa sœur que les bêtes détruisent. Mon imagination fige l'image sur un rictus, celui du frère sans visage. J'ordonne à mon esprit de cesser ses divagations. Je reste jusqu'à ce que Jeff aiguise son dernier couteau. Une fois les lames bien tranchantes, je fais la vaisselle de nos verres de vin et je lui dis merci pour les histoires, pour notre intimité que j'aime de plus en plus. Il me prend dans ses bras, je m'y sens toujours bien. Il dit Je ne laisserai personne faire de mal à Arden, mais je ne peux pas l'empêcher, elle, d'en faire.

Quand je rentre chez Arden et m'installe devant la fenêtre aux coccinelles, j'imagine Jeff plus jeune, avec ses deux yeux qui marchaient peut-être encore et son sourire symétrique, observer Arden dormir sur la banquette du pick-up. Je me dis qu'ils ressemblent à des personnages de film, imprévisibles et magnifiques. La coccinelle dans mon nombril semble agitée ce soir comme si, soudain, elle trouvait son nid tout à fait inconfortable.

Les phalanges d'Arden, excroissances blanches saillantes sur le tronc lisse de ses doigts. J'entends maintenant dans l'étable le cœur d'une jeune fille qui rompt, sa charpente qui cède. Son grand nez tranchant comme l'arête d'un rocher qui ne se laisse pas polir par la rivière. Arden, épine saisissante. Je me sens coupable de savoir. Savoir comme une trahison. Je sais, l'étable, le frère, les bêtes, la fugue. Un soir elle me dit que si la lumière ambrée qui me suit dans les bois charrie trop d'émotions je devrais retourner au sapin baumier pour lui dire qu'il faut aussi faire respirer les vivants. Elle me dit Danse. C'est comme ça que tu lui as dit au revoir, c'est comme ça que tu peux lui dire bonjour d'ici. Depuis la soirée aux couteaux aiguisés, je me retiens d'enlacer Arden. J'amadoue tant bien que mal cette tendresse immense qui grandit en moi, mais je sens bien que je ne vais pas pouvoir cacher à une femme qui passe sa vie avec les bêtes sauvages ce qui s'agite à l'intérieur de moi lorsque je suis en sa présence. Cachée dans son dos, je regarde ses épaules qui paraissent toujours aussi lourdes et je respire un peu plus vite. J'ai déjà ma boule de tourbe dans la gorge et voilà qu'un gonflement de désir s'écoule dans ma poitrine et dans mon ventre. La nuit je me réveille dans la maison silencieuse et les coyotes chantent au-dehors et Arden au-dessus de moi, si loin, si proche. Dans le rêve qui me sort du sommeil, je percevais dans mon corps des centaines d'œufs en éclosion. Remplie de larves vert pâle, je les sentais naître et s'étirer en moi. Je me sens habitée. J'enfile plusieurs paires de chaussettes, un surpantalon, un pull de laine épaisse, les crampons sur les bottes et je sors. Je suis le halo de la lampe torche jusqu'au sapin baumier. Je me plante face à lui en respirant calmement. Ici, l'air de la nuit a des canines qui raclent la gorge si l'on inspire trop profondément. Ce que dit son écorce quand je pose ma main gantée sur elle m'est inaccessible. Je murmure une prière en anglais pour Frank et il me semble que, sous sa peau, le sapin baumier frissonne.

Arden me regarde. Longtemps on se regarde sans rien dire. Je sens le désir à l'intérieur qui ouvre grand la bouche et chante comme un acouphène. Entre le désir et le courage, il y a la boule de tourbe qui s'accroche, ce parasite, à l'écorce de ma trachée. La neige ne nous écoute pas, nous tombe dessus et Arden sourit. Un sourire que je ne parviens pas à lire, comme d'habitude. Elle sait ce que j'ai sur le bout de la langue mais elle va me laisser dans ma peur, ma peur qu'elle réponde non à cette question que je n'ose pas poser. Je suis là, avec mes mains qui dégoulinent du sang d'animaux morts, ça goutte sur le sol qui craque. Alors je me dis que si c'est le mot *non* qui me fait peur je dois transformer ma question en une phrase sans point d'interrogation.

— Je voudrais rencontrer les coyotes. Avec toi.

L'instant s'écoule, une forme d'apaisement glisse en moi, la fierté d'avoir osé, et j'oublie presque qu'elle peut tout aussi bien ignorer mon souhait et partir sans moi. Le froid m'enfonce ses aiguilles dans les doigts.

— Lave-toi les mains et couvre-toi, me dit Arden. On part dans cinq minutes.

Avant de pénétrer dans l'enclos, elle se retourne vers moi et m'observe un instant. Me dit de déposer ma lumière ambrée ici, elle n'a pas sa place avec les bêtes sauvages. Je voudrais lui dire que je ne la contrôle pas, mais je hoche la tête. En silence je me tourne vers la lumière ambrée qui semble comprendre. Je lui fais un signe de la tête, qu'elle m'attende ici. Nous entrons. Nous ne sommes plus dans la forêt mais dans un fragment, un espace qui a été détaché du reste. Les coyotes y sont isolés le temps de l'hiver. Arden porte un grand seau blanc rempli à ras bord de viande, moi je prends la hachette pour fendre la glace qui enserre le point d'eau des coyotes chaque nuit. Nous marchons, mes pas font craquer des branches mortes sur le sol. Quand je suis avec Arden, les sons deviennent des sursauts et le volume sonore est comme décuplé. Je n'écoute pas de la même manière quand je suis seule ou avec Jeff. La présence d'Arden fait office d'amplificateur, je ne sais pas comment expliquer ça. Elle traduit la forêt, m'ouvre la porte à d'autres sonorités, me donne accès à d'autres fréquences. Ou bien j'hallucine et c'est mon désir qui donne tant d'intensité à mes sens. Nous marchons et j'oublie que nous sommes dans l'enclos, dans un espace défini. Quatre corbeaux nous suivent depuis quelques minutes, je ne les regarde pas mais leur présence me rassure. Je me retourne de temps en temps pour vérifier que la lumière ambrée est bien restée à l'entrée de ce morceau de forêt. Arden dit que pour rencontrer les coyotes il faut laisser son agitation derrière soi. La lumière ambrée n'est pas vraiment turbulente, ni même menaçante. Elle apparaît chaque jour et me suit dans la forêt, elle entre parfois dans la grange et s'installe dans un coin, me laisse travailler, disperse ses lueurs de sève chaude. Jamais elle ne pénètre la maison d'Arden. Jamais. Elle est entrée une fois dans la cabane de chercheur d'or de Jeff, un soir où la neige tombait fort, lourde et corpulente. Quand j'ai vu qu'elle ne restait pas sur le seuil, j'ai demandé à Jeff si la lumière ambrée pouvait entrer chez lui. Il a eu l'air d'hésiter un instant, je crois qu'il se méfie d'elle, mais a fini par accepter. La lumière s'est faite toute petite et s'est finalement engouffrée dans le poêle, s'est enroulée autour des flammes et a attendu là toute la soirée. Sur la route du retour, elle m'enveloppait de sa chaleur, elle et moi avons coupé à travers les bois noirs, réveillant les corbeaux somnolant dans les arbres. J'ai vu dans leurs yeux son reflet d'ambre ricocher et j'ai su, alors, que les corbeaux et la lumière se connaissaient bien, qu'ils appartenaient au même espace, au même lieu, à la même temporalité.

Arden marche dans un silence impeccable, admirable. Sa présence, l'effort, les couches de vêtements pour protéger du froid et l'excitation font circuler en moi une chaleur oppressante. Dans ma gorge la boule de tourbe, rétive, enfle à nouveau. Je ne sais pas si je suis vraiment prête à laisser l'agitation en lisière de forêt. Faut-il cela pour s'élancer dans la nature sans perturber sa prosodie ? Se déshabiller de l'agitation ? J'avale ma salive, Arden se retourne. Elle m'entend. Elle m'entend m'agiter derrière elle. Ça détraque tout.

— Je vais y aller seule. Tu vas m'attendre ici, si tu as trop froid, suis la sente jusqu'à l'entrée de l'enclos et rentre au refuge.

Je lui donne la hachette sans un mot. Je vais l'attendre avec ma déception qui fulmine, tant pis pour le froid. Je regarde Arden disparaître derrière les sapins et je remonte mon cache-cou sur le nez. Me voilà seule dans ce fragment de forêt labyrinthique, sans la lumière ambrée, sans les coyotes et sans Arden. Comme si tout me punissait, pas un oiseau, pas un insecte ne semble traverser l'espace que j'occupe. Je tends les oreilles mais je suis devenue sourde à tout ce qui vit ici. Je m'assois contre un arbre et regarde la lumière. Il fait sombre comme en fin de journée. Je peux déceler en levant la tête des petits morceaux de ciel blanc, toujours blanc. Je déloge une tique de taille raisonnable de mon surpantalon, puis une autre. Peu à peu ma surdité décline et je perçois à nouveau le rire des sittelles et les notes détachées d'une martre traçant sa trajectoire sur une longue branche. Le froid me regarde dans les yeux, il me briserait les cils s'il le voulait. J'entends un chuchotement proche, puis un autre, un frottement, puis un autre. Je me relève lentement, et là je l'aperçois, cette chose impossible qui sort d'un de mes rêves. Je me dis que si je rêve, je dois m'être endormie contre l'arbre et alors le froid va me regarder avec son intensité cruelle et c'est mon cœur qu'il va briser. Mais je ne me réveille pas et la chose impossible continue d'avancer sur la neige. Une femme, ou plutôt un corps de femme nue, qui marche. Brune comme un tronc, sa démarche est lunaire, pourtant ses pieds s'enfoncent dans la neige et plus elle s'approche de moi, plus chaque pas sonne comme un froissement. Je fixe son ventre distendu et ses bras, je cherche ses mains mais elle les dissimule dans son dos. Elle n'a pas de tête, de son cou jaillit un arbre mort, complètement écorcé, aux branches inertes et nues. La chose impossible marche vers moi avec sa tête vidée de sève. La peau du corps, le corps humain, ressemble à du bois flotté sculpté par la neige et la glace. Elle avance et c'est sa gorge que je vois.

Je la laisse approcher encore un peu et dans la béance de sa gorge apparaît un visage figé, un visage coagulé et pétrifié. Dans un rêve c'est ici que je devrais me réveiller mais rien ne se passe. La femme-bois-flotté se fige devant moi parée de son visage surgissant de la gorge, comme un cri qu'on ne laisse pas sortir par la bouche.

— Tu dois être frigorifiée, rentrons.

Je fais volte-face dans un sursaut et derrière moi Arden m'observe avec des yeux qui ne laissent rien passer. J'ouvre la bouche, aucun son n'en sort, je lui montre la femme-bois-flotté d'un signe de la main mais bien sûr, elle n'est plus là. Il n'y a qu'Arden, moi, mon désir, ma déception et ma consternation. Arden pose une main désarticulée sur mon épaule et murmure Bientôt, tu les verras bientôt. Nous faisons demi-tour et suivons la sente jusqu'à la porte guillotine de l'enclos. La lumière ambrée est là qui m'attend, et il me semble qu'Arden lui fait un signe du menton en passant devant elle.

— Tu dois lui faire comprendre. Elle peut t'accompagner en forêt, mais avec ton accord seulement.

— Me dépouiller en quelque sorte.

— Oui, elle est une agitation, même avec sa douceur, c'est une agitation, et tu ne peux pas la laisser devenir une partie de ton corps. Je ne te dis pas de la chasser, mais elle doit comprendre que par endroits elle n'a pas sa place près de toi. Elle n'est pas cousue à toi, elle doit te laisser décider.

— Tu la vois, n'est-ce pas ? Tu vois Frank, quand il est là.

Le visage d'Arden est soudain traversé par une grimace. Je crois qu'elle n'aime pas que je nomme la lumière ambrée. Nous sommes là, immobiles dans le froid sur le sentier du retour, l'une en face de l'autre. Deux grands corbeaux discutent au-dessus de nous, l'un a une voix douce, l'autre une voix traînante. Arden est belle, avec son nez de statue, son nez-falaise, et ses mains posées sur ses hanches larges, deux araignées inébranlables.

— Moi aussi, j'ai eu une lumière comme ça, pendant longtemps. Mais elle n'était pas comme la tienne, paisible je veux dire. Elle était malveillante et oppressante.

— Tu t'en es dissociée ?

— Non, je m'en suis débarrassée. Pour toujours.

— Comment ?

— J'ai eu de l'aide.

Elle lève son incroyable nez vers les arbres et la forêt me fait soudain penser à un nid gigantesque. Je tente de suivre ce regard qui ne laisse rien transparaître. En secret, je pense à sa lumière malveillante. Une lumière sans visage aux doigts tachés de nicotine. Nous reprenons la route, le froid a engourdi mon corps et mes yeux. La lumière ambrée, qui a sans doute écouté notre conversation, ferme la marche. Les deux corbeaux nous suivent. Un souvenir déborde, je le laisse faire. Il est fait d'images, de sons et d'odeurs. C'est un souvenir matin-bottes-en-caoutchouc-escabeau-hauteur-moût-miel-écorce-piano-guitare-électrique-produit-d'entretien et j'aurais aimé pouvoir dire que j'ai ressenti, comme les animaux, que quelque chose n'allait pas mais je dansais comme on peut danser en étant perchée sur un escabeau au-dessus des cuves de brassage non je n'ai rien pressenti j'ai dansé pendant trois minutes et quelques dizaines de secondes et quand le silence s'est fait entre cette chanson et la suivante j'ai entendu le chien le vieux chien de Frank qui aboyait au pied de l'escabeau et Frank déjà mort. Entre nous un mur un vieux chien et un cœur immobile.

La neige sur le sentier avale mes chevilles, les deux grands corbeaux nous suivent, volent de branche en branche, prennent de l'avance afin de reprendre leur conversation en nous attendant. Le souvenir m'appuie sur la nuque comme une écharpe de pierre et dans mon ventre des secousses remontent dans la gorge. La boule de tourbe s'est faite toute petite dans l'œsophage, je serre les dents. Arden s'approche de moi, m'attire contre elle. Je pose ma tête contre sa poitrine et elle m'enlace, je m'engouffre dans l'abri de son corps. Nous restons là, jusqu'au dernier tremblement, jusqu'au dernier séisme à l'intérieur de moi et le froid autour de nous ferme son clapet. Je ne ressens rien d'autre que la tendresse magnifique d'Arden mélangée à ce chagrin qui me décime. La voix d'Arden s'écoule soudain dans cet instant :

— Viens, viens.

C'est à Frank qu'elle parle et je sens se joindre à notre étreinte la lumière ambrée et nous restons là tous les trois. Quand la lame de fond est passée, Arden met fin à l'étreinte et me sourit, avec un sourire merveilleux. Je la remercie. Et je lui dis aussi que je vais rentrer seule avec la lumière. Arden hoche la tête et m'embrasse sur la joue et je sens la pointe de son nez gigantesque et ses lèvres qui se confondent avec le froid, les deux me transpercent avec la même vigueur. Arden se redresse et je la regarde s'éloigner sur le sentier. Je regarde sa silhouette, ses épaules lourdes et le silence qui l'entoure. Une discussion s'impose entre la lumière ambrée et moi.

Lorsque nous arrivons au refuge, la lumière ambrée et moi passons devant la grange et l'après-midi s'est étirée. De là où nous sommes, je peux voir la fenêtre de la cuisine de la maison, la lumière est allumée, Arden est arrivée chez elle. Il ne neige pas mais l'air autour de nous est épais, comme il sait l'être. Il nous soutient, en quelque sorte. Je regarde le sapin baumier accoté à la grange qu'il dépasse fièrement. Une bande de dindons sauvages tergiversent sur la glace à quelques mètres de nous. Nous nous approchons du sapin baumier et je pose ma main gantée sur son tronc grisâtre. Là, je dis à Frank, je viendrai te chercher ici si je veux de ta présence. Et puis, d'ici, tu me verras passer tous les jours. Quatre ou cinq mésanges charbonnières sautillent, disparaissent dans les aiguilles sombres, ressurgissent. Je sais que Frank aimera l'odeur d'écorce, l'odeur des bourgeons au printemps et la compagnie des mésanges. Là.

La lumière ambrée, doucement, passe une main derrière ma nuque, une main légère, apaisante, caresse chaude. Puis, avec la grâce d'un rapace nocturne, elle se glisse dans le tronc du sapin baumier. Je reste là, devant ce géant. Les branches basses juste au-dessus de ma tête ne portent plus d'aiguilles. J'enlace l'arbre, j'enlace la lumière et j'enlace Frank. Et la peau du sapin baumier soudain transsude des larmes de résine. Je pense aux coccinelles de la fenêtre carrée qui expulsent aussi ces larmes odorantes. Mais ces gouttes collantes et épaisses n'ont rien d'une alerte. Non, c'est une voix, une voix familière qui dit à bientôt, qui dit je suis là. Je rentre le cœur plein et haletant, car je sais que, dans la petite maison, Arden m'attend. Et je sais que, désormais, sous la peau du sapin baumier, Frank m'attend aussi.

Comme la chaleur du poêle, je monte et me glisse dans la petite chambre d'Arden. Je ne suis pas encore prête à rencontrer les coyotes, mais je suis prête à faire déborder le désir. Debout devant son lit je n'ai plus de mots mais je crois que mes yeux parlent très bien tout seuls. Je m'approche d'Arden qui est allongée, si longue, et j'embrasse son nez-montagne, et je respire son cou. Je laisse ses mains-araignées cartographier mon dos. Je lui dis Arden, à partir de maintenant je dormirai avec toi, n'est-ce pas ? Ses yeux, comme ceux des corbeaux, m'apaisent. Elle dit oui, oui, viens.

Elle me donne à boire. Fait couler l'eau entre ses lèvres dans ma bouche. C'est chaud puis froid. C'est tout à la fois. Je chavire en dedans. Quand elle se retourne de son côté du lit pour dormir, je me transforme en une couche d'animal dans une prairie d'herbes hautes. Mon ventre est ce tapis d'herbes couchées que laisse une biche ou un chevreuil après s'y être reposé. Je suis une empreinte du passage d'Arden. La première fois que je goûte sa vulve qui palpite, c'est l'odeur de l'orage qui m'affole. Je ne peux m'empêcher de penser à son frère-sans-visage aux doigts tachés de nicotine. Dans ma tête je vois Arden sous les sabots des jeunes taureaux et je pleure en passant ma langue sur son clitoris. Je n'y peux rien mais les gémissements d'Arden me ramènent aux herbes jaunes des prairies. Je pleure en pensant à elle dans l'étable mais je pleure aussi en pensant au cœur de Frank qui décide d'arrêter là. J'aimerais dire à Arden que je viens aussi des plaines, j'en connais la sécheresse qui pique les yeux, les couleurs ébranlées du soir et l'espoir fragile comme du papier bible qui somnole dans le cœur des adolescentes qui y grandissent.

Surtout, je voudrais lui dire que, moi aussi, je serais morte si je n'avais pas quitté ma famille.

Les vergetures sur les cuisses, ces petits coups de griffes, je les caresse comme les marques horizontales sur l'écorce des bouleaux. Sous la peau pulse une sève chaude. J'empoigne une fesse, un souffle chaud dans la gorge, à expirer. J'embrasse son cou et il y a sa main sur mon sexe et sur mon ventre qui caresse les rebonds, les plis, les interstices, les cavités. Faire l'amour avec elle, c'est comme grimper un séquoia géant à mains nues, une fois arrivé à la cime on regarde en bas avec le vertige, surtout ne pas tomber mais surtout ne pas redescendre non plus, lâcher le cœur qui sursaute comme un animal. Deux coccinelles tracent péniblement leur chemin dans les draps. Arden voudrait les écarter alors je les fais monter sur mon index, les pose sur la table de chevet. Elle ferme les yeux et soupire longuement. Parfois le matin je la regarde écraser les coccinelles avec sa tasse de café sur la table de la cuisine. J'entends le craquement de la mort, ça me fait serrer les dents. Je ne dis rien. Je pense à cette table en bois et à ses entailles de couteaux dans lesquelles s'entassent les miettes de pain et de thé. La table comme un tronc d'arbre que viennent habiter lichens, mousses, insectes et oiseaux à coups de langue, de rostre, de thalle.

Colmater les interstices.

Le jour gris s'est abrité dans la clairière. Il ne pleut pas, en tout cas pas du ciel, mais l'air est chargé d'humidité, des gouttes invisibles semblent voleter autour de nous avant d'atterrir sur nos visages. Je m'immobilise en bordure de la trouée. Arden, au centre, omoplates en point d'interrogation, pourtant si grande. Les arbres immenses échouent à la rendre toute petite. Elle renverse le seau, et la viande et le sang tombent sur le sol. Au-dessus, quelques corbeaux, étrangement muets, courbent la nuque, la regardent peut-être. Des mésanges se laissent tomber de leur branche. Arden reste là, debout, au milieu de la clairière. Je n'ose pas bouger, je respire profondément, il faut laisser les agitations à l'orée de la forêt, m'a-t-elle encore dit ce matin. Les coyotes, je ne les entends pas arriver. La forêt pose sur mes oreilles ses grandes mains de magicienne. La clairière se soumet à leur présence, Arden ne bouge pas mais je vois sur ses joues le rouge de l'émotion qui transperce sa carapace de marbre. Un, deux, trois, quatre, cinq et six. Six coyotes, sept. Leur robe grise et miel me rappelle la lumière ambrée, je chasse cette pensée, laisser les agitations. Je regarde leur gorge blanche, le poil épais – enfouir mes mains dans leur fourrure, dans les cheveux d'Arden –, leurs oreilles longues et pointues et dressées vers cette femme-araignée. L'un derrière l'autre, ils forment une ligne et marchent en rond, d'un pas rapide, encerclant la viande et le sang et Arden. Assez de distance entre chacun d'entre eux pour refermer le cercle. Ils orbitent autour d'Arden, ce noyau, ce cœur. Une femelle qui paraît plus vieille donne le rythme. La voilà qui accélère le pas, et les autres s'accordent à elle, à son allure. Arden a fermé les yeux. Et autour d'elle, dansent les coyotes. Dans un grand silence qui n'en est pas vraiment un, les coyotes dansent. La gueule ouverte, leurs yeux jaunes fixés sur elle. Leurs épaules se balancent dans des convulsions lentes et pleines de grâce. Soudain ils s'arrêtent, je n'ai pourtant pas perçu le signe de la cheffe d'orchestre – est-ce la femelle qui mène ou bien Arden ? –, et dans un calme grandiose, dans l'odeur de leur souffle chaud, les coyotes s'effondrent sur le flanc. Leurs yeux jaunes grands ouverts ne regardent qu'Arden et je vois leur cœur qui bat et leur langue lape l'humidité du printemps sur le sol froid. Cela dure un temps, un temps où Arden ne bouge pas, elle n'a d'ailleurs toujours pas rouvert les yeux. Dans une inspiration ses épaules lourdes se redressent et s'ébrouent. Elle bombe la poitrine et, dans ce geste, elle éjacule la lourdeur qui accable ses omoplates. Arden devient légère, son corps se meut subitement sur une musique que je n'entends pas. Le cœur des coyotes, un tempo. Elle lève les bras et dans des mouvements secs et pourtant si beaux, elle se frappe le ventre, puis relève encore les bras en l'air. Et les coyotes, couchés, reprennent leur esprit. Arden se déplace dans cet espace dessiné par les bêtes, elle court puis s'arrête, trace des lignes furtives et éphémères, revient au centre de la clairière, saute et fait volte-face, tourne sur elle-même. Je regarde ses mains qui s'affranchissent de leur distorsion et deviennent danseuses. Elles suivent des impulsions et fendent l'air gris du matin. La clairière se change en étable et la fréquence cardiaque des bêtes sauvages se déguise en orage. J'entends les coups de sabots des jeunes taureaux et les os qui se brisent sous leur poids. Arden aux longs bras, Arden aux mains brisées, Arden araignée magnifique, Arden au nez massif et abrupt. Elle s'arrête enfin. Les coyotes, ensemble, se redressent, leurs épaules tanguent. C'est une houle dans la clairière, dans la forêt, dans la vallée, mais Arden reste bien droite, ses épaules étrangement légères, et le cœur des coyotes s'est calmé, a repris son souffle. Le cercle disparaît et ils se dirigent vers elle, ne paraissent même pas sentir la viande et le sang sur le sol. Les bras le long du corps, Arden ouvre grand ses paumes informes, ses paumes où les taureaux et l'orage et le frère-sans-visage ont brisé les lignes de vie comme une carte froissée. Et les coyotes, un à un, viennent lécher ses doigts arachnéens. Et ça n'en finit pas, chacun lèche, embrasse, lape et engloutit les mains d'Arden qui ferme encore les yeux, laisse la place au suivant, attend, y retourne. Les corbeaux, au-dessus, sont toujours là, toujours muets, la nuque courbée sur Arden et les coyotes. Les mésanges donnent des coups de bec dans la viande que les coyotes ignorent. Arden tourne la tête et ouvre les yeux, elle me regarde et me sourit et les coyotes s'écartent en glapissant. La laissent quitter le cercle, la clairière, la viande et le sang sur la terre trempée. Elle se dirige vers moi, m'attrape par le bras et me dit Viens, laissons-les maintenant. Dans notre dos les coyotes laissent échapper une myriade de chants, de longs pleurs et des aboiements staccato teintés de notes finales plus aiguës. Nous avançons vers le refuge sous les yeux des arbres et le battement d'ailes des grands corbeaux. La voix des coyotes nous suit, ses sautes d'humeur, ses tonalités inconstantes. Je ressens dans le sol les vibrations de ses inflexions.

Arden me tient par la main et avance d'un pas rapide. Dans sa main, la mienne, toute petite, est un cœur chaud qui transpire et halète. C'est donc ça, se défaire de ses fantômes, de ses fêlures, de ses colères. C'est donc ça, apprivoiser ses agitations.

La nuit dans le lit d'Arden je lèche ses doigts grêles qui sont infiniment blancs. Leur peau est lisse malgré les torsions, les nœuds et les déviations de trajectoires des os. Comme les coyotes, je la goûte du bout de ma langue. Peut-être cette salive sauvage et la langue râpeuse des coyotes font disparaître les peaux mortes, la sécheresse et les entailles. Arden me laisse faire le soir. Parfois elle s'endort et j'ai encore un doigt entre mes lèvres. Je repense aux coyotes qui dansent et viennent lécher tout ce qui alourdit les épaules d'Arden. Moi, je croyais qu'il fallait laisser ses agitations à l'orée de la forêt, mais ce n'est pas ce qu'elle fait, elle. Elle les apprivoise, danse avec elles, les confronte, les regarde droit dans les yeux, leur fait la nique, les cajole, les expédie, les bouscule et leur rentre dedans, les caresse et les engloutit. A-t-elle dansé avec sa langue maternelle, les diphtongues et les accents de la langue des prairies ? A-t-elle offert aux coyotes l'odeur du maïs et le chant des moissonneuses ? A-t-elle fait disparaître le visage de son frère dans cette transe, l'a-t-elle avalé, ce frère bourreau ? Je me demande qui a pu apprendre tout cela à Arden. Et si moi, je serais capable d'amadouer les prairies, les fugues nocturnes, le cœur de Frank qui sursaute, l'orignale entre l'océan et moi, ce geste, remonter la couverture sur l'animal, les mains d'Arden. Je crois que j'aime, pour la première fois. Je dis l'amour, pas celui que l'on ressent pour un père adoptif, mais l'amour qui déborde, qui défait, qui entre par effraction.

Ce soir je raconte à Jeff ce que j'ai vu dans la forêt. Arden, et les coyotes. Mais Jeff me regarde, et même son œil qui ne marche pas a l'air de ne pas me croire.

— Je te jure, Jeff, elle était là, debout. Et les coyotes dansaient tout autour d'elle. Elle était magnifique. Elle ressemblait à une femme-corbeau, avec son nez gigantesque dans la lumière du soir.

Quelque chose passe dans son demi-regard, triste comme un rapace revenu bredouille d'une prédation. Tu sais, *I need to tell you*, il y a quelqu'un d'autre, me dit Jeff. Une femme. Elles se voient peu, c'est une musicienne qui vit en ville, à quatre heures de la vallée. Arden tient à ce qu'elle appelle sa liberté, mais je veux que tu saches qu'une autre femme l'aime et la désire. Et Arden ne lui parlera pas de toi.

Une musicienne. C'est la première chose à laquelle je pense. Une musicienne. Tandis que j'essayais de constituer notre herbier sonore dans la forêt et près de Babine, une femme, ailleurs, en composait elle-même, de la musique. Une femme qu'Arden désire. Et aime peut-être.

— Son nom ? Je veux connaître son nom.

— Je ne sais pas si c'est une bonne idée. D'ailleurs ça ne changerait rien. Je pensais juste te protéger en te parlant d'elle. Ça fait deux ans qu'elles se voient. Il lui arrive de venir ici, mais c'est rare. C'est plutôt Arden qui part la voir. Jamais plus de deux jours. Tu sais, les animaux.

— Son nom.

Jeff pose son verre de vin. Je le fixe bien droit dans son œil qui marche. Je ravale un sanglot qui pointe en dedans. La boule de tourbe dans ma gorge s'en occupe. Papier buvard, elle s'imbibe de larmes mort-nées et se remet à grossir dans l'œsophage.

— Amanda.

Il prononce à l'anglaise, / ə'mændə /. Je ferme les yeux et répète le prénom avec mon accent à moi. Amanda. AmandaAmandaAmandamandamandamanda. Une image survient, je la chasse. Je regarde une fourmi traverser la table en bois, hissant une miette de pain plus grande et plus lourde qu'elle. Je me dis que si la fourmi a assez de force pour porter des fragments de pain dans les crevasses et au-dessus des obstacles d'une table d'humains, je devrais en avoir assez pour hisser ma colère sur mes épaules et aller la planquer, l'enfouir quelque part où on ne l'entendra pas. Je remercie Jeff, me racle la gorge, la boule de tourbe prend toute la place. Je me lève et attrape mon manteau. Jeff ne me retient pas, il sait. Je marche vers le refuge et l'envie de faire l'amour avec Arden me brûle les tempes.

Dans la forêt sous la neige, les mésanges tombent sur ma tête ou presque, et les yeux des corbeaux scintillent. J'ouvre grand la bouche et laisse filer l'air glacial dans mes narines, les flocons cognent contre mes dents et j'inspire profondément et l'air qui sort de ma bouche se transforme en lettres et je crie ce nom posé sur le dos de mon ego. Je hurle Amanda à la forêt en regrettant presque la lumière ambrée et la tristesse et je cherche quelque part entre les arbres et les corbeaux la voix de cette femme que je ne connais pas. La lumière du soir n'est pas la même depuis la fenêtre aux coccinelles et depuis l'intérieur des bois. Ce soir il n'y a pas de brun, c'est plutôt un rose pâle se détachant du ciel en lames de couteaux.

J'arrache un morceau d'écorce sur le cou d'un bouleau. J'y griffonne le prénom d'Amanda et aussi quelques mots pour tenter de traduire ma colère, ma jalousie, ma tristesse. Puis je déchire la page de peau d'arbre, je la déchire en tout petits morceaux et les enfonce dans ma poche. Juste avant de regagner le refuge, sous les pins noirs, je découvre un amas d'aiguilles rousses sculpté depuis les profondeurs. Forteresse fourmilière. Je m'accroupis à côté du dôme alors aussi haut que moi et commence à disposer mes miettes de colère devant l'habitation. Des soldates viennent tout de suite inspecter mes mains, certaines grimpent sur mes phalanges. Quelques ouvrières apparaissent à leur suite. Je suis étrangère à la langue qu'elles parlent. La nuit tombe et le rose cisaille le haut des arbres. Je regarde les fourmis emporter dans leur repaire le prénom de cette femme qu'Arden désire et aime peut-être.

Pesante, elle s'est installée dans la maison. Je dis *elle* mais je ne sais pas vraiment ce que représente cette présence humide qui me fait toussoter. Je n'ai plus tellement le goût d'aller chercher les mystères de la forêt et les histoires qu'elle raconte. Je travaille, je travaille, je travaille et j'attends Arden à la nuit tombée. Elle rentre épuisée et nous mangeons ensemble devant la gueule du poêle et nous faisons parfois l'amour dans son lit. Un soir, je crois bien que la jouissance est sur le point de jaillir en elle, elle me mord dans la chair du bras, fort, si fort. La douleur donne un coup de pied à mon plaisir. Lorsque je suis seule et que les animaux me tournent le dos, je pense à Arden et mon désir ne pâlit pas. J'aimerais que les traces des corps qui se rencontrent et se parlent ne s'effacent jamais, quitte à vieillir plus vite. J'aimerais que nous soyons troncs. Je me réveille la nuit, je rêve encore de la femme-bois-flotté, le corps d'Arden à côté de moi est insoutenable, je ramasse les coccinelles glissées sous les draps et je descends. Je termine mes nuits à la hutte, où j'écoute les Tannerites dans le noir et les hululements des chouettes rayées au-dehors. Jeff respecte mon besoin de solitude, m'adresse des sourires penchés, un air désolé aussi parfois. J'évite le sapin baumier et la lumière ambrée, pendant un temps. Je voudrais me déshabiller de ces présences, ne serait-ce qu'une journée. Comme Arden avec les coyotes, ou les élans frottant leurs bois massifs contre le tronc des arbres pour en enlever les lambeaux de velours. Je n'ai ni bois ni velours, je ne peux m'extraire de l'exuvie de colère. Il n'y a que des mots.

Sur la peau de bouleau arrachée, j'écris ce qui ne trouve pas de son. Sortes de poèmes un peu fragiles que je signe de trois marques d'incisives. La morsure fait du bien, c'est en fait plus fort qu'un mot, qu'une parole, qu'un ton. Parfois les dents traversent l'écorce, une petite fissure par laquelle la lumière s'enfonce à son tour. Mordre, mordre, mordre pour apposer une signature avec la bouche puisque c'est avec elle que je goûte au corps d'Arden. Arden m'échappe. Un jour je me mets à pleurer alors que je serre les dents sur l'écorce, les larmes se mêlent à l'encre, à la salive, et les mots sortent gorgés de tourbe. Je place chaque feuille d'écorce, chaque lettre sous une pierre, devant une fourmilière ou un terrier occupé, sur le lichen, entre les lèvres d'une cicatrice d'arbre ou dans un creux de racine apparente, partout où la forêt accepte de soutenir ce qu'Arden n'entendra pas. Serrer les dents sur la peau des arbres pour rentrer à la grange plus légère. La boule de tourbe désépaissit un peu, juste assez pour laisser l'air circuler à nouveau. Si elle ne peut lire l'alphabet de mes deux langues et demie que je mélange sans cesse, la forêt sait déchiffrer les morsures. Trois coups de dents pour dire ce qui lutte.

À la saison du débordement, les éclosions. Dans les sous-bois, des cavités sombres creusées dans la terre, gueules noires bâillant après leur hiver ensommeillé, crachent par centaines de minuscules moucherons. Ils volettent, désordonnés, désamorcés par la vie, accueillis par des pièges invisibles. Les survivants stationnent en nuées au-dessus de l'eau. Le soleil fait scintiller les fibres de passages d'araignées traversant Babine sans la toucher. Oiseaux, soies, lumières, moucherons, papillons : l'air de la forêt se gonfle encore, faute de flocons, de mouvements de vie.

Aujourd'hui je reste dans la forêt jusqu'à ce que la nuit vienne. Je n'ai rien promis à Jeff mais je veux respecter son choix de laisser la nuit aux bêtes sauvages. Alors je reste en attendant que seul le filet de lumière lunaire perle à travers les aiguilles des conifères et me guide vers le refuge. La lumière ambrée est avec moi, j'avais besoin de sa présence et je voulais lui montrer le printemps. Je ne mets plus le bandana sur mes yeux, je veux que mes oreilles écoutent tandis que je regarde, je veux que mes oreilles prennent leur indépendance, je veux avoir le contrôle sur mes sens et ne plus user de subterfuge pour y parvenir. Un corbeau me tourne le dos, je regarde sa silhouette haussant les épaules. Parfois leurs plumes semblent trempées, elles luisent, bleues.

Le bruit d'une morsure, quelque chose que l'on croque, lèche, grignote, découpe. Vrombissement : écouter la prise de vitesse, l'élan, la poussée, changement de cap, dissipation, decrescendo. La disparition d'un son dans la forêt n'est pas un silence en soi, c'est alors dans l'oreille humaine la naissance d'une autre musique, parfois plus féroce, parfois plus subtile. Froissement. Je m'ancre dans le sol et je tente de tenir mon dos bien droit pour bouger le moins possible. Je regarde tout et rien à la fois. Garder la tête immobile mais ne pas se dire Tiens, ça vient de derrière un peu sur la gauche, non, l'origine du bruit ne m'intéresse pas, même si je devine ou essaye de deviner, ce que je veux c'est entendre le plus possible. Je ne peux pas croire que ce qui se joue dans la nature n'est que survie, reproduction, naissance, prédation et mort. Il y a autre chose, j'en suis persuadée. La forêt regorge d'histoires et elles ne sont pas les nôtres. Que dit un arbre envahi par le parasite ? Existe-t-il un pleur, une lamentation ou une résignation en langue végétale que nous ne saurions discerner ? De temps en temps j'entends mon cœur ou alors je sens l'appel d'une articulation et le désir gonflant de la faire craquer. Je ne parviens pas à me détacher de mon corps, il est là, sa présence fait partie de la forêt et de ses bruits. Je repense à tout ce qui ne se joue pas quand je suis là. Je pense à Jeff et à son respect si profond, moi je suis bien trop curieuse. D'ici je ne vois pas la silhouette de la lune. Je n'ai pas envie de rentrer. J'envisage un instant de passer la nuit en forêt maintenant que les températures le permettent. Il ferait froid, oui, mais c'est une saison que mon corps peut surmonter. Si je m'endormais contre le tronc d'un arbre, est-ce que mes odeurs s'estomperaient avec le sommeil ? Je suis bien naïve de penser qu'il est possible de parfaitement disparaître. Si je dormais, mes oreilles continueraient d'écouter, et alors où iraient ces sons dont je ne me souviendrais pas au réveil ? Dans quelle profondeur de ma mémoire iraient-ils se ranger ? J'aime penser à cet herbier inaccessible, lové au fond de moi. Je n'ai jamais passé toute une nuit seule dans une forêt et je ne sais pas si j'en suis même capable. On ne connaît jamais ses peurs avant de les rencontrer. Dans les plaines, celles de notre enfance, à Arden et moi, j'ai connu des nuits dans les champs de maïs, d'orge et d'épeautre. Refuges éphémères disparaissant à l'automne. J'y trouvais des cabanes improvisées, me faisais une couchette entre deux rangs. Parfois dans le maïs, allongée, je ne voyais plus les étoiles. Je m'étais habituée aux bruits de souris, aux passages de ratons laveurs et aux vagabonds de toutes sortes. Cette région où il n'y a rien d'autre qu'une horizontalité infinie, des pluies de pesticide, des églises quasi vides et des journées interminables à l'odeur de papier peint. D'autres adolescents, en fugue eux, voyageaient de nuit à travers champs. Souvent des filles. Certaines me faisaient un simple signe du menton et continuaient à avancer sans un mot, s'évanouissant au bout du rang, faisant déguerpir un lièvre ou une caille. D'autres s'arrêtaient un instant mais ne se racontaient jamais. Je me sentais balise sur le chemin, pour elles, parce que moi aussi j'étais en quelque sorte en fugue. Pourtant chaque matin je rentrais dans cette maison où je ne pouvais pas fermer l'œil. J'aimais me dire que j'étais un repère pour les fugueuses des plaines. Vingt ou trente ans plus tôt, Arden était peut-être passée par ces champs, ces routes clandestines. Moi, je n'ai pas eu la force de partir, comme toutes ces filles. Je n'ai pas besoin de leurs histoires, je sais. Je sais pourquoi on part quand on a quatorze ou seize ans. J'étais bien dans ces champs-nids. Il y faisait chaud et je m'y sentais invincible. Je pouvais être à trois kilomètres de la maison, j'étais seule et la solitude m'apaisait. Je ne me souviens pas du chant qu'entonne le maïs quand souffle le vent du sud. À croire que je n'écoutais pas. Ce chant doit se trouver dans ce lieu reculé de ma mémoire que je ne visiterai jamais. Je reviens dans la forêt près du refuge et me dis que je donnerais tout pour être capable d'écouter la respiration d'une plante, l'étirement du lichen, le bâillement d'une aiguille. Je m'ébroue comme un chien et chasse les plaines, l'ossature de la maison d'enfance et l'odeur du maïs de mon esprit. Je ne suis pas prête à rester une nuit dans la forêt. Encore trop de choses débordent. En quittant les bois, j'y laisse mes odeurs, la lumière ambrée et quelques mots que je n'ai pas réussi à saisir.

Le printemps n'est pas un réveil pour tout le monde. L'hiver pulse aussi, vibre et raconte. Sous les sapins je me gargarise d'odeurs nouvelles. C'est vrai que le débordement est sucré, caramélisé, râpeux comme un fruit de plaqueminier. Arden n'aime pas le printemps, elle ne le dit pas mais je le sais. Ses yeux ne sourient plus depuis que tout a fondu. Nous avons suspendu les crampons aux patères dans le vestibule. La terre auburn trempée colle aux semelles. Le ciel que j'ai connu si blanc au-dessus de la forêt, du refuge et de la tourbière s'est teinté de gris et d'un bleu sombre. La lumière vacille dès midi et la pluie est arrivée. Il pleut, et je regarde cette pluie, nouvelle venue, et les gouttes d'eau s'assommer contre la fenêtre aux coccinelles. Elles, elles ne s'y aventurent plus, préfèrent rester sur le mur, le plafond ou les marches, évitant ainsi les gifles froides du déluge. La forêt découpée dans le cadre s'est emmitouflée dans la brume. Il pleut, tous les jours il pleut, ça n'arrête plus. Cette pluie résonne comme une salve d'applaudissements, une pluie faite de mains, de milliers de mains qui frappent, de paumes qui claquent.

Babine aussi change. Elle change de couleur chaque jour. Sa voix mue. Plus assurée et tonitruante, chanteuse d'opéra, gorge déployée, langue musclée, inarrêtable. Cette nuit, elle est sortie de son lit, ravissante mais ingrate. Brune et intransigeante. Je ne la visite presque plus. Elle n'écoute plus personne, pas même Jeff. Elle chante, elle chante, soliste merveilleuse, et les ruisseaux alentour se joignent à elle, et ce chœur terrible se déverse dans sa gorge. Ce chant dévaste tout, se transforme en une longue griffe et éraille le sol, y creuse des sillons profonds. Les chemins menant à l'enclos des coyotes n'existent plus, l'eau défigure le paysage que j'ai tenté d'apprendre par cœur cet hiver. Elle taillade, ravine et creuse la forêt, la vallée et les routes. Le sol a déjà la bouche pleine de neige et de glace fondues. Il dégorge, sature, enseveli sous l'orchestre torrentiel. L'eau, son timbre, ses inflexions imposent le silence de la terre. Tout ça me fascine et je ne pense qu'aux mots que l'on pourrait mettre sur cette nouvelle partition du printemps. Jeff me met encore une fois en garde contre Babine. *You think you know her,* méfie-toi, elle n'est plus la même. Pourtant je ne peux m'empêcher de penser aux pages encore blanches de notre herbier sonore tandis que l'eau noircit son papier à musique.

Sur la table de la cuisine de la maison d'Arden, on a poussé les tasses de thé et de café pour y déplier une carte de la vallée. Deux gardes-chasse et un technicien du ministère des Richesses naturelles entourent Arden. Elle les dépasse tous d'une tête ou deux. Elle fait glisser ses doigts tordus et blancs sur la vallée de papier, plate. Elle effleure ses détails, ses courbes de niveau, les routes qui griffent le paysage. Je vois le lac Petit, le lac Grand et Babine, bleue et tranquille, qui domine tout. Arden cherche un lieu idéal pour relâcher les Tannerites, elle cherche aussi l'approbation des gardes et un hochement de tête du technicien. Un des gardes pose son index sur la carte et trace un cercle. Tous se mettent à la toucher, à faire glisser la pulpe de leurs doigts sur ce territoire pétrifié. Ici, la crue a noyé les routes, impossible d'atteindre cette partie du parc pour encore plusieurs semaines, là trop de braconnage, peut-être par ici, non, et là, c'est une propriété privée : les trois hommes se mettent à proposer, débattre, Arden patiente et je vois ses yeux, ils n'ont pas vraiment besoin de la carte. La vallée, la vraie, se tient derrière ses paupières avec ses odeurs, ses humeurs, ses métamorphoses, et tout ce qui la peuple.

— Je veux rencontrer les propriétaires du lac Seul, à l'est du parc, tranche Arden.

Les trois hommes la connaissent bien, les deux gardes donnent leur accord et le technicien hoche la tête. Un des gardes accompagne Arden dans son pick-up pour les deux heures de route jusqu'au lac Seul, les autres quittent le refuge sous une pluie lourde. Je me carapate dans les odeurs chaudes de la grange. Les opossums font claquer leurs mâchoires sur mes poignets alors que j'inspecte la partie rose de leur queue et leurs petits doigts. Il y a toujours des choses à faire, à nettoyer, à trier, à ranger, à noter, à balayer et mettre ma matinée au rythme de ces verbes me permet d'éclipser celui du désir et l'attente du retour d'Arden. Je m'active dans les poils blancs, noirs, bruns, auburn, roux, crème, dans la poussière. Je m'agite sous l'œil curieux du renard galeux, son museau fin hume mon bouillonnement tandis que je respire l'odeur âcre de sa litière de paille imbibée d'urine. Les poils autour du museau ont repoussé, les croûtes ont disparu, les démangeaisons se sont atténuées. Sa queue n'est plus si tristement déplumée. Il doit trépigner chaque matin, sentant l'odeur du printemps au-dehors lorsque j'ouvre la lourde porte de la grange. Je lui dis tout bas bientôt, bientôt. Cette après-midi Jeff et moi déménagerons le renard dans un enclos extérieur pour quelques jours, avant la liberté. Je pense aux explosifs et à la destruction des huttes de castors, je pense aux pièges à lacets installés pour attraper les renards et les coyotes, aux balles attendant le passage d'une ourse, aux pièges à colle pour les rats, les souris et les serpents, le poison, je pense.

Certains parlent de braconnage et de chasse comme deux choses fondamentalement opposées mais qui décide des règles ? Tandis que Jeff et moi tentons de construire un dictionnaire des sonorités de la forêt, d'autres avant nous ont réalisé un dictionnaire justifiant ou expliquant le besoin de tuer : comptage, dégâts, effectifs, gestion, maîtrise, nuisibles, plan, prélèvement, prise, quotas, régulation, tradition. Comme Arden, lorsque je me penche sur la carte de la vallée, ce que je vois d'abord c'est ce damier bleu presque invisible, un quadrillage. Ces lignes droites n'existent pas mais sont tracées pour créer des repères, calculer des coordonnées. J'y vois les barreaux d'une cage, une mâchoire qui se resserre, le besoin, toujours, de domestiquer, même sur le papier. Une colère bouillonne en moi, une colère que la pluie lourde dehors ne peut pas éteindre. La boue recouvre la vallée, elle n'existe pas sur la jolie carte bien lisse, non. J'ai peur, peur pour les Tannerites que nous relâcherons bientôt, si les propriétaires du lac Seul acceptent de vivre avec eux, j'ai peur pour le renard rescapé de la gale, pour les coyotes d'Arden, pour les opossums que le froid ne menace pourtant plus. J'ai peur soudain que le travail d'Arden et Jeff ne soit vain. L'orignale me revient, et ce geste d'Arden, remonter la couverture. Les yeux de l'orignale me coupent le souffle, sa fatigue, les tiques et l'impuissance. Je me demande comment Arden et Jeff luttent contre le découragement, la rancœur et l'abattement. La pluie fait résonner son rire contre mon dos et je rejoins Jeff à l'atelier. Je me hisse sur l'établi et m'y assois.

— Jeff, où est-ce que tu puises l'espoir ? Tu sais, je pense aux Tannerites, et Arden trouvera un lieu sûr pour eux, oui, mais il y aura toujours des femmes aux explosifs, des braconniers, des pièges, des fusils.

Jeff me regarde avec son œil qui marche, l'air amusé, avec son sourire à demi tordu. Il pose son crayon et se retourne vers le panneau mural en bois où sont alignés les outils. La main de Jeff fait coulisser le panneau et révèle ainsi un renfoncement dans le mur de l'atelier. Je descends de l'établi et me rapproche. Dans cette alcôve secrète, dissimulée par les outils de Jeff, une collection. Pièges, appeaux, appâts, balles, pointes de flèches d'arbalètes, bouts de filets, morceaux de barbelés mais aussi de toutes petites branches, des piquants de porcs-épics, des bouquets de poils noués par un bout de fil, une griffe, une queue de castor amputée. Jeff désamorce les pièges qu'il trouve en forêt, les récupère et les stocke là, et de chaque animal séjournant au refuge il garde un fragment. Seulement ceux qui survivent. L'histoire du refuge, un herbier de l'entraide.

— I don't know how they feel or what they think about, you know, we can only guess or hope. And I hope, every fucking day, I hope they understand we try to help them but that they should keep their distance from us in the wild. When I have doubts about what we do, I come here and I look at my collection and I know, I know that even if we are only trying, at least we are doing something.[1]

---

1. J'ignore ce qu'ils ressentent ou à quoi ils pensent, tu sais, on ne peut que faire des suppositions ou espérer. Et j'espère, chaque putain de jour, j'espère qu'ils comprennent qu'on essaye de les aider mais qu'ils devraient garder leur distance avec nous dans la nature. Quand je ne sais plus pourquoi on fait ce qu'on fait, je viens ici et je regarde ma collection, et là je sais : je sais que même si on ne fait qu'essayer, au moins on fait quelque chose.

Dans la benne du pick-up d'Arden, je suis assise au milieu des trois caisses de transport. Une bruine plonge la route dans une obscurité saisissante. Jeff a insisté pour que je les rejoigne dans la cabine mais je veux faire ce dernier trajet avec les Tannerites. J'entends parfois l'un d'eux gémir, un autre répondre. Que se disent-ils, savent-ils ce qui les attend ? Le voyage en pick-up est une source de stress, Arden roule avec une grande douceur et je glisse de temps en temps un morceau de patate douce dans les ouvertures des caisses. Les Tannerites attrapent la patate douce avec leurs pattes antérieures, petites mains tendres, et grignotent longuement leur douceur. Je ne peux m'empêcher de ressentir une pointe de tristesse à l'idée de ne plus les voir, de ne jamais savoir s'ils s'en sortiront. Lorsque nous arrivons au lac Seul, je fais passer chaque caisse à Jeff depuis la benne. Arden se dirige vers les propriétaires, devant leur chalet sur pilotis. Nous leur adressons un signe de la tête, de loin. Je regarde le lac, un étang en vérité, bordé de trembles et d'épinettes blanches. *Smile,* me dit Jeff, c'est un jour heureux. Arden nous fait signe de son long bras, nous emmenons les Tannerites sur la berge d'en face, ouvrons une à une les caisses. Avant d'en sortir, chacun hume le lac un temps. Je me demande quels mots, quelles syllabes pourraient traduire l'odeur d'une liberté, si le deuil de leurs parents est plus doux, maintenant. Le premier Tannerite, l'Aîné, que je reconnais car c'est le plus curieux, se laisse glisser dans l'eau froide. Je regarde son museau et ses petites oreilles. Ses yeux intenses coulent sur la surface du lac comme une larme sur une joue. Il tourne, se propulse sous l'eau et remonte, inspecte ces berges nouvelles. Les deux autres le suivent avec force gémissements. J'imagine, dans l'eau sombre, les petites mains repliées sur leur poitrine alors que les pattes arrière palmées donnent l'impulsion. Le deuxième Tannerite, le Cadet, qui pousse des gémissements particuliers, remonte sur la berge et explore les massettes dont les têtes lourdes gigotent de droite à gauche. Un ouaouaron prend la parole avec sa voix grinçante de vieille balançoire, un héron sur la berge en face tourne son long cou blanc vers nous avant de s'élancer vers le ciel en poussant son cri rocailleux et aigu. Le Cadet et le Benjamin parcourent les abords de Lac Seul, tâtent, sentent, gémissent et prospectent. L'Aîné nage encore, il semble avoir toujours habité les lieux. Alors je pense à ce qui m'habite, moi. Suis-je faite de tout ce que je quitte, de tout ce qui meurt, suis-je faite de désir et de colère. L'odeur des prairies s'installe un instant sur le lac et fait taire les effluves du présent. Un passé olfactif m'assaille. Je pose une main sur ma gorge. La boule de tourbe sanglote dans mon œsophage. Je m'accroche à l'instant, à ici. Arden, Jeff et moi restons silencieux au bord du lac. Arden prend ma main. Elle sent toujours quand je déborde. En silence je dis au revoir aux Tannerites, bonne chance surtout. Je ressens comme un sentiment chaud, ample, ma main dans celle d'Arden, et Jeff avec son sourire penché. Nous, le lac, et les adieux aux castors.

Jeff et moi et la lumière ambrée dans la boue jusqu'aux chevilles avançons à travers bois, Babine à notre gauche, en plein solo. Nous progressons lentement dans un univers-fange, nous aidant d'un bâton de marche. La terre trempée s'agglutine sous nos bottes, alourdit nos pas, ralentit notre marche. Nous remontons Babine, car elle rapporte à nos oreilles un cri déchirant. Un cri que je prends pour celui d'un rapace nocturne. Jeff dit Non, ce cri, c'est un renard. L'appel s'essouffle, petit instrument désaccordé. *Hurry up*, dit Jeff, mais la boue nous attrape les chevilles et hâter le pas n'est pas envisageable.

Le renard en travers de la gorge de Babine. Sur les rochers si serrés les uns contre les autres qu'ils donnent l'impression d'un possible passage à gué. Leur dos glissant, trompeur, la stabilité n'existe pas, ils bougent et se déplacent alors qu'on pose le pied sur eux. Il manque une patte avant au renard, rongée par deux mâchoires : celle d'un piège et la sienne. L'arrière-train pris en étau entre l'eau assourdissante et un rocher. J'entends Jeff jurer et Babine ne l'écoute pas. Le renard n'a plus assez de force pour avoir peur de cet humain penché au-dessus de lui. Jeff et le renard luttent tous deux contre la chute, l'un dans Babine, l'autre dans cet ailleurs que je ne veux pas nommer. Jeff enfonce les mains dans l'eau, le renard a fermé les yeux, peut-être a-t-il compris que tout ira bien maintenant. J'enlève vite ma veste et m'approche de Babine pour recueillir l'animal. Dans l'eau jusqu'au bassin, Jeff me dit Pose-le et aide-moi à sortir, il faut vite l'amener à Arden. Le renard respire lentement, je l'enroule dans ma veste, tourne le dos à Babine et à Jeff et le pose contre le tronc d'un arbre.

Et le craquement, la cassure.

Le bruit. Une branche lourde, affaiblie par le poids de la neige de l'hiver passé, cède. Un instant Babine se tait, garde la bouche ouverte mais cesse de chanter. Ses lèvres immenses se referment sur quelque chose et s'ouvrent à nouveau, le chant reprend. La lumière ambrée se jette contre moi, me bouscule. Je me retourne. Babine a repris son solo. Mon cœur bat comme un fou. La lumière ambrée s'est enroulée autour du renard. Je regarde la langue brune de Babine, acharnée, vorace abominable. La branche est là, insensible au courant, prise dans les rochers traîtres comme le renard tantôt. Une miette coincée dans l'œsophage de la rivière. Je m'étouffe et tousse, la boule de tourbe dans la gorge enfle, mon corps inondé, et derrière moi la lumière ambrée protège le corps inerte du renard. Je ne bouge pas je ne peux pas bouger il faut pourtant faire quelque chose mais quoi ? Je suis là, penaude, devant Babine. Elle attaque à nouveau son incessante chanson dont je ne comprends pas les paroles. La pluie reprend, comme un solo de piano, je lui découvre une délicatesse traître. Babine improvise sur cet air, avec une puissance grandiose montant dans des aigus inexplorés, et je ne bouge pas, comme si je m'enfonçais dans le sol, ce ruisseau de passage. La branche brisée résiste encore et Babine reprend son souffle et laisse échapper quelques notes soufflées, jolies, puissantes mais basses, elle mêle parfaitement grâce et violence. Que faire de mon corps tétanisé, coincé dans la boue et l'air qui ne circule plus vraiment dans ma poitrine ? Mon cœur déchante. J'écoute Babine, fascinée par ce qu'elle cherche dans les profondeurs de son ventre et de sa gorge, ce qu'elle déverse. Je ne sais plus comment respirer pourtant je ne chante pas je ne hurle pas je ne jappe pas je ne pleure pas mon corps ne sait plus rien faire d'autre qu'écouter. Babine, la traîtresse, détourne mon attention, il n'y a qu'elle, merveilleuse. La lumière ambrée dans mon dos essaye de me dire quelque chose et je n'écoute que Babine. Jamais ne cessent les notes, les pauses et la polyrythmie de son souffle et

et Jeff

n'est plus

là

J'ai très bien compris ce qu'Arden vient de me dire mais je fais comme si. C'est la première fois que j'entends le prénom de l'autre femme dans la voix d'Arden. Elle le prononce à la française, comme moi. Ce prénom me transperce.

— Je ne peux pas aller chez lui, Arden, je ne peux pas. Je n'ai juste pas la force d'habiter avec son absence, tu comprends ? C'est trop tôt. Tu te rends compte de ce que tu me demandes ?

Quand elle ne sait pas quoi répondre, elle dit simplement mon prénom. Deux syllabes entre ses lèvres. Ça sonne froid, ça s'entrechoque.

— Si tu ne veux vraiment pas aller chez Jeff, je te paie trois nuits au motel de Bowed Creek.

— Je dois me cacher, c'est ça que tu me demandes, je dois cesser d'exister dans ta vie. Jusqu'à ce qu'elle reparte. Alors c'est ça, avec toi, on doit disparaître quand ça t'arrange ?

Quand elle ne sait pas quoi répondre, elle dit simplement mon prénom. Deux syllabes entre ses lèvres. Elle les transforme en un soupir.

— Tu me voles les funérailles d'un ami ! Pour quoi ? Pour qu'une femme à qui tu ne dis rien ne sache pas que je vis ici depuis des mois ? C'est tellement lâche, tellement cruel…

— Il n'y a pas de corps ! Pas de corps ! Des funérailles sans corps, ça ne compte pas, ça ne veut rien dire, c'est pour les autres, pour la forme ! Nous referons une cérémonie toi et moi, plus tard, ça comptera bien plus.

Elle s'est levée vers la fenêtre de la cuisine. Me tourne le dos. Soudain ses épaules lourdes m'apparaissent comme deux canines saillantes qui ricanent. Je sens qu'Arden se retranche, s'ensevelit, se réfugie dans son corps-antre. Elle se ferme, écorce dure, infranchissable.

— Je ne peux pas me cacher, Arden, je ne peux pas ne pas exister dans ta vie. Même trois jours. Tu comprends ce que ça veut dire ?

Quand elle ne sait pas quoi répondre, elle dit simplement mon prénom. Deux syllabes entre ses lèvres. Deux syllabes-lames.

— Retourne-toi, regarde-moi.

Deux syllabes-souffles.

— Je ne reviendrai pas, Arden. Je ne peux pas revenir de là où tu me demandes d'aller. On ne revient pas de l'inexistence, tu comprends ? Tu comprends ?

Quand je pose mon sac dans la chambre du motel, je redessine tes mains que les coyotes lèchent et caressent. L'océan est si loin pourtant il me semble l'entendre. Je le sens presque. J'ouvre la fenêtre et respire un peu le dehors. Une fraîcheur moite s'invite dans mes narines. Je m'allonge en chien de fusil sur le drap rêche. Je vois une tache sur le deuxième oreiller, une petite auréole. Je ferme les yeux et sous les paupières je fabrique des sensations. J'ai faim tout à coup, et je pense à la crise cardiaque, à l'homme que j'aimais comme un père et dont j'amène les cendres voir l'océan. Je tire la couverture sur moi et j'inspire en comptant les secondes. J'expire en ne comptant rien du tout. Peut-être vais-je réussir à dormir. Peut-être encore cette nuit sera blanche et demain toute la fatigue du corps et celle du cœur s'embrasseront pour que je fasse de mauvais choix.

Je voudrais me débarrasser de cette colère comme on s'extirpe d'une peau devenue trop étroite, pour ensuite la broyer entre mes doigts, la faire disparaître. Quand la porte se ferme sur la petite chambre du motel, la colère prend ses aises. Je lui laisse un bout de lit, je prendrai ma place à droite. Je ferme les rideaux épais, je ne les toucherai plus. Je ne veux pas de la lumière blanche du jour. Ça fait quelque chose de s'enfermer avec soi et sa colère. Je sens qu'il est trop tôt pour pleurer, il y a d'autres choses à faire et à ressentir avant ça.

Je reste sage et en colère dans la chambre toute petite. Dans mon sac, ton odeur sur le col d'un pull, du café instantané et des sachets de gruau pomme-cannelle. Je suce et grignote le col du pull. Quelqu'un passe devant la fenêtre, les rideaux épais semblent lourds comme tes épaules, mais la tringle ne plie pas. Solide, comme toi. Je regarde la tringle, droite, fière et débrouillarde, soutenir des rideaux si laids. Une minute passe, une autre. Je quitte le lit et m'allonge sur le dos par terre. La moquette est profonde et poisseuse, j'y enfonce une phalange. Une fine soie d'araignée pendouille de l'abat-jour. Des taches d'humidité se répandent sur le plafond. La moquette me fait du bien. Je la caresse avec ma joue mais elle ne me caresse pas en retour.

Je reste sage et en colère dans la chambre toute petite, à m'étirer comme un animal docile qui attend qu'on vienne le flatter. Le premier soir, je ne peux pas dormir. Je m'interdis de t'écrire. La colère lirait mes mots et les avalerait avec son grand rire de bouche ouverte. J'ai peur que mes mains ne retrouvent leur douceur d'avant le refuge, avant la grange, avant la vie. Je les frotte contre les draps. Je les frotte contre les murs. Contre la moquette, l'évier, la cafetière, les gros rideaux, la porte. Je les frotte dans la poussière derrière la table de chevet, puis je les lave au petit lavabo de la salle de bain. Combien de temps faut-il pour faire disparaître un pain de savon entre ses doigts ? Je laisse couler l'eau et je frictionne dans l'espoir d'agresser l'épiderme. Je veux garder les écailles, les écorchures, les entailles entre le pouce et l'index et leurs gémissements lorsqu'il gèle au-dehors.

Mon ego est un petit oiseau, il sursaute au moindre bruit. Je tire les draps du lit avec un air exagéré, installe mon oreiller sur la moquette : que la colère dorme seule. Je n'ai pas peur de dormir sans elle. Je n'ai pas peur d'exister.

Quand la lumière blanche du matin se fraie un passage à travers les rideaux, c'est ma deuxième nuit sans sommeil. Je fais bouillir de l'eau. J'en verse dans la tasse et des pétales de calcaire blancs tournent comme des petits poissons agités dans le café instantané. Je regarde l'avoine pomme-cannelle s'imbiber, gonfler, bomber le torse. J'essaye de m'étouffer avec des cuillerées d'ogresse. Sucré et pâteux, le gruau me brûle la gorge, glisse tout au fond de moi, je respire encore. Cette mixture, à l'arôme artificiel de fruits et d'épices qui n'existent pas, coule dans mon œsophage avec peine mais rien ne se bloque. Je regarde un rayon de lumière sur la peau du mur. Je voudrais t'écrire mais quand je me retourne vers le lit, la colère est là, allongée sur le côté. Elle prend la forme d'un buste de femme aux seins ronds et craquelés. Je la fixe droit dans ses yeux vides et elle éclate soudainement, des morceaux de plâtre s'amoncellent sur le lit, recouvrent le lit, étouffent le lit. Plus rien ne bouge et la colère reste là, un chablis de pierre, pendant toute une journée qui ne passe pas. Je pousse des soupirs, je dors un peu sur la moquette, je rêve de coccinelles et me réveille assaillie par la faim. Je mets de nouveau de l'eau à chauffer, je mélange une fois encore le café instantané au gruau et la poudre, l'eau et le calcaire forment une matière brunâtre et collante qui me racle la gorge et me tombe dans l'estomac. Je repense à ton geste, tirer la couverture sur le dos de l'animal, border la bête sauvage. Je me redresse et regarde une piqûre d'araignée sur ma cuisse rouge et gonflée. Je fais face au pierrier sur le lit, ces fragments de colère. Mon ventre est gondolé, dur, mon thorax sonne creux. Derrière les rideaux, un cardinal pousse une alerte. Je me retrouve là, entre l'oiseau dehors et ma colère en morceaux sur le lit. Je pense à Jeff étranglé par la poigne de Babine, je pense à sa barbe contre laquelle les poissons viennent se frotter, un cincle plongeur regarde-t-il son corps depuis la berge. J'imagine les os de Jeff remontant à contre-courant, comme le faisaient les saumons avant d'être massacrés par la surpêche et nos poisons jetés dans les eaux. Peut-être nos corps ont-ils une mémoire et connaissent la route du retour. Peut-être les nutriments dans nos os s'inscrivent-ils dans la terre, dans les courants, et ne quittent jamais vraiment la vie. Mais Jeff n'est pas sous le pierrier dans la chambre toute petite. Tout semble déborder en un haut-le-cœur ciment-pomme-cannelle-café. Je me jette sur le lit et je dégage les pierres, je les pousse, je les lance sur la moquette mais il n'y a rien sous la colère. Je reprends ma place dans le lit, dispose un oreiller sous ma tête et l'autre entre mes cuisses. Je porte le pull avec ton odeur sur le col. Je respire fort. Il me semble alors que je ne t'ai pas embrassée, enlacée, touchée ni même effleurée avec ce pull lors de mes derniers jours au refuge. J'ai cru déceler ton odeur sur le cou invisible d'un vêtement. Il s'agit pourtant de ma propre odeur. Dans mes narines, à cet instant, cette odeur de désir pour toi mêlé à la peur de ne plus jamais faire l'amour avec toi. Je pleure et ça me fait un bien fou. Je m'autorise à poser mille questions sur cette femme au nom de graine, sur sa voix, son corps. Je l'imagine s'allonger dans ton lit à ma place, *sa* place, que j'ai occupée tant de fois. Peut-être accepte-t-elle de tuer les coccinelles. Sait-elle pour les coyotes ?

Je me réveille dans la chambre toute petite. J'espérais qu'au matin la colère aurait disparu mais elle est toujours là, *fuck*. Je ramasse les petits cailloux, les plus gros morceaux, les roches un peu lourdes et je les trie, les rassemble par groupe de taille dans un coin. Une fois ma colère bien rangée, bien matée, je suis prête à t'écrire. Je dispose les pierres sur la moquette pour former des lettres, des virgules et des points mais surtout des virgules parce que j'ai tant de choses à dire et il faut des respirations. J'écris quelque chose qui n'est ni un poème, ni une lettre, ni un chant, ni une prière, ni un cri, mais peut-être tout cela à la fois. J'écris avec la colère et plus j'avance plus les pierres deviennent légères, malléables, douces. Les toutes petites je les mets dans la bouche quand je réfléchis, histoire de voir quel goût ça a une colère qui se calme un peu. Je pense à cet arbre dans les bois, celui que Jeff aimait beaucoup, avec le rocher lui barrant la route vers la lumière et à son mouvement embrassant la pierre avec ses lèvres ouvertes, avalant l'obstacle, engloutissant l'impossible. Tordu et si beau. Je me demande si je suis tordue et belle. Un jour tu m'as dit Il y a un rayon de soleil en train d'éclore sur ton œil, c'est beau. J'ai laissé le rayon de soleil sur mon œil faner doucement et ta voix murmurant C'est beau a glissé sur moi. Tu ne m'as jamais dit Tu es belle, non, tu ne m'as jamais dit que tu me trouvais belle, et ce rayon de soleil un peu frêle je l'ai cajolé, gardé comme un trésor au fond de moi. Là, dans la chambre toute petite, quelque chose d'invisible est venu m'habiter et prendre ses quartiers, déposer son odeur, la colère c'est tout ça.

Je termine ma lettre mon poème mon cri

mais je n'arrive pas à mettre un point final

Au troisième matin, j'ouvre les rideaux, la rue est encore couverte de printemps. Quand je me retourne, les pierres et les cailloux sont toujours là. À croire que rien ne disparaît vraiment. J'ai taillé ma colère en petits morceaux pour t'écrire et je sais que je t'écrirai encore des poèmes-lettres-chants-prières-cris que tu ne liras pas.

Je ramasse mon sac mais pas ma colère, il est temps d'y aller.

J'écris des poèmes-lettres-chants-prières-cris qui parfois ne vont pas plus loin que

Arden,

et je m'arrête à la virgule et à tout ce qu'elle sous-entend. Tout ce que je ne dis pas. Tout ce qui ne peut s'écrire. Tout ce que je n'ose pas dire ou ce que je n'ose penser. J'écrivais des poèmes sur les trembles de la forêt pour colmater les brèches de ton non-amour pour moi. J'écris des poèmes pour dire la douleur que c'est de t'accorder un pardon que tu n'as pas demandé, dont tu n'as sûrement pas besoin. La roche a accepté mes pleurs et toi tu n'as rien fait pour m'empêcher de partir. Je garde les lettres avortées, je les punaise au mur au-dessus de mon tout petit bureau. J'écris sur des feuilles blanches, des feuilles de cahier arrachées, des envers de tickets de caisse, des serviettes en papier, la page d'un roman, tout ce que j'ai sous la main quand tu me submerges, tu vois, j'écris même avec des pierres, avec les dents, avec le corps, avec la sueur, j'écris aussi sur le corps d'autres femmes les traces invisibles du désir que j'ai pour toi et que j'imprime sur elles.

Arden,

Arden, Arden,

Arden, Arden,

Arden,

Arden,

Arden,

Je n'entends plus ton prénom et je n'ai plus la force de le souffler lorsque je me caresse, assise devant mon petit bureau, et c'est sans doute pour cela que j'ai besoin de l'écrire autant, toujours suivi de sa virgule comme un point final qui s'incline pour te laisser passer.

Arden,

Arden virgule comme quelqu'un qui se tient au bord d'un précipice. Parfois, cette hypothèse me tord le ventre et je m'en veux d'être partie, car tu avais peut-être besoin qu'on t'y pousse une bonne fois pour toutes, dans ce précipice. J'enrage quand je parle aux femmes qui m'offrent des verres le soir, parce que je ne peux pas te raconter. Quel cliché, le cœur brisé. Te raconter c'est aussi ne pas te garder pour moi. Ces femmes parlent souvent anglais et bien sûr je pense à toi qui a adopté le français pour te défaire de ton bourreau de frère. De temps en temps, tu laissais échapper un *fuck* ou un *shit* et tu rougissais comme quelqu'un qui brise une promesse, quelqu'un pris la main dans le sac. Ces femmes souvent me demandent *Why do you look so sad* et je ne peux pas répondre *I'm still in love with someone,* parce que ça sonnerait comme dans un roman d'amour un peu pathétique. Je repense à toutes ces fois où j'ai fait l'amour avec ces femmes, mais les frissons qui lézardaient le mur de mon corps avec toi ne sont jamais revenus. J'ai tant colmaté les fissures en quittant la vallée que plus aucune bête ne peut venir s'abriter en moi.

Il y a cette sensation, comme si tu étais toujours derrière mon épaule, et je ne parle pas seulement de maintenant mais aussi d'avant, de là-bas.

Quelques mois après mon départ, j'ai survolé le refuge sur une carte. J'ai posé le doigt sur le pictogramme de la grange, sur la forêt, sur le bleu uni de Lac Grand et de Lac Petit. J'ai caressé longtemps les coups de reins de Babine. La carte ne pouvait pas montrer l'eau qui sourd des rivières et des ruisseaux quand la glace fond à la saison du débordement et que la neige se change en pluie. J'aurais voulu repeindre la carte en brun, qu'existe aussi la boue du printemps sous le blanc, sous la glace, sous l'hiver. J'aurais voulu dessiner les griffures des chaussures à crampons sur les chemins le matin. La carte échoue. Elle ne sait pas les odeurs et les sonorités. Je sens à nouveau cette froideur stalactite d'une joue d'Arden contre laquelle je plaque mon visage. Nous sommes dans la grange, il est tôt, la fenêtre à ma gauche, un petit carré noir, un noir dans lequel les coyotes glapissent. Je regarde l'eau tiède couler dans le seau de poissons congelés. Corps inertes, écailles gelées et dures comme la route, gonflant à mesure que le froid décampe. Arden, en silence telle une renarde, pose sa main sur mon épaule. Oui l'épaule, là où plus tard son fantôme viendra peser, là où l'aiguille viendra poser son empreinte d'encre, une araignée sur la peau. Sa main glisse à la manière du froid qui dérape sur la cime des arbres et qui dégringole dans la clairière, s'engouffre dans la forêt. Ça me fait ça en dedans quand elle se pose sur moi, Arden. Un froid, un froid que j'aime. Les frissons s'écoulent, petits arroyos bruns qui cherchent à étancher la soif de la terre à la saison des pluies. Les frissons font vivre le corps entier. Ça rappelle la vie au plus profond de nous. Alors je laisse sa main qui empoigne mon sein. Elle se serre contre mon dos. L'eau tiède coule, les poissons morts gonflent et l'eau cascade dans l'évier profond et blanc. Je vois les yeux des poissons et le cœur qui cogne dans ma poitrine est comme un écho dans celle d'Arden. Elle embrasse mon cou. Ses doigts-araignées savent. J'aimerais pouvoir raconter comme le désir parfois jaillit du fond des entrailles et voudrait s'échapper en un soupir invisible par la bouche. Ce désir me fait courber le dos, je me rattrape au robinet d'eau tiède qui coule encore sur les corps des poissons morts qui gonflent, enflent, pulsent, reprennent presque vie – regarde comme ils ont les yeux grands ouverts. L'araignée aux pattes froides s'élance vers mon pubis. Je sens les soies dans mes poils. Je tombe un peu, me rattrape au seau de poissons. Le seau chavire, les poissons morts, gonflés s'éparpillent, l'eau coule, éclate, vers la bouche de l'évier. Un poisson, minuscule et métallique, est englouti tout entier. Je fais glisser ce souvenir qui prend trop de place. Il palpite.

J'aime et je déteste me sentir vulnérable face aux marques invisibles qu'Arden a déposées sur mon corps. Vergetures, hématomes, cicatrices des draps sur la peau, souvenirs de caresses. Un frisson qui parcourt le dos avec ses pattes de lézard, s'arrête pour relever la tête et disparaît. C'est comme se faire avaler. Digérer par l'absence du visage dans les draps. Catapulter dans une chaleur de peau, de poils et de surprise. Traverser ton corps, c'est rencontrer le regard des coyotes. Pour moi ils ne chantent pas, alors faire l'amour avec toi c'est enfin pouvoir les entendre. Se faire avaler dans ton ventre de baleine. J'ai des convulsions qui sonnent comme des notes de violoncelles, ça crisse parfois, ça vibre toujours. Jamais les cordes ne se taisent. Aujourd'hui, quand j'y pense, ton souvenir vient les pincer pour les faire résonner à l'intérieur dans un grand choc qui brise le silence.

Souvent je me suis précipitée vers ton corps comme si ma vie en dépendait. Quitter le refuge, te quitter, m'a fait quelque chose dans le ventre qui n'est pas vraiment une douleur. C'est une faim, un vide qui enfle et attend d'être rempli.

J'ai oublié ton odeur mais je n'ai pas oublié les coyotes, leurs langues sur tes doigts. Je n'ai pas oublié le jour où Babine a avalé Jeff dans mon dos et où je n'ai rien pu faire. Paralysée, tétanisée, penchée au-dessus du corps de Frank, droite comme un petit i minuscule au bord de Babine et Jeff emporté. As-tu retrouvé son corps, l'as-tu cherché ? Avant l'orignale, avant toi, avant le refuge, je partais vers l'océan, mais lequel ? Vers quel océan se tourner quand on a dans son sac à dos les cendres de son père adoptif, le souvenir d'un ami cher noyé dans le printemps, des miettes de colère et une femme-araignée qui nous laisse partir ?

Je ne dessine plus. Si je laisse à ma main la liberté du trait, c'est le nez d'Arden qui apparaît sur le papier, ses hanches larges, les bleus sur sa peau, les intonations de Babine, la peau des arbres et la langue des coyotes. Et alors, tout déborde et la vulnérabilité m'avale. J'ai rangé mes carnets à dessins, l'urne vide de Frank et une petite poignée de cailloux dans une boîte que je n'ouvre plus. Je marche dans la ville, je photographie et développe les ombres et les lumières du temps. Après avoir laissé au refuge la lumière ambrée et les hurlements de Babine engloutissant le corps de Jeff, je trouve sur le papier glacé un calme, un grand calme, qui repose les eaux à l'intérieur de moi. J'explore la lumière, je cherche ses sensibilités et ses humeurs. Le matin, elle se fait à la fois chaude et inquiète, et après une longue journée, délicate et acide. Le calme violet verdâtre d'un soir et la solitude d'une pose longue, l'appareil sur pied et moi derrière avec un œil fermé et l'autre ouvert, c'est ce qui me rapproche le plus de Jeff finalement. Quand je photographie, j'ai aussi un œil qui marche et un œil qui ne marche pas. La lumière est furtive, changeante et surprenante comme un animal. Les couleurs forment une meute peu commune et chaque jour dévoile une nouvelle femelle alpha qui prend le dessus. Les entrées maritimes peignent parfois les murs sales des immeubles, utilisant des tons que je caresse avec mon objectif. Un ciel d'orage aux couleurs de bitume trempé et de jade promet des couleurs vives. La tempête fait rougir les rues ternes. J'aime cette connivence avec la lumière, j'aime ses lames d'ombres, j'aime ce qui penche, ce qui tranche, découpe, échancre. Je hais les jours de beau temps que je passe au labo photo ou à la galerie. Je ne ressors qu'à la brunante et alors je tente de travailler sur le temps et sur ce qui s'écoule du ciel.

Comme un hématome dans le ciel depuis que les prairies se sont collées à mon dos. Le jour décline et semble embrasser les couleurs des champs d'orge, de maïs et de seigle en imitant leurs tons timides, ternes. Un ancien débit de boisson de bord de route, sa fenêtre et sa bouche noire et béante, au squelette bien droit, toit impeccable avec son enseigne décolorée. Un ranch rachitique, son troupeau de l'autre côté de la route. Tendrement le bord de la chaussée abandonne l'idée des touffes d'herbes jaunes. Les arbres apparaissent, grands, droits, solennels. Je regarde les néons des enseignes qui clignent des yeux et celles qui ne cillent pas. *Steak house, motel vacancy, cold beer,* patinoire, bowling, tout ça et la ville qui dort. Le magasin général, encore fermé, son enseigne en français. Ici, la région des villes où les langues se confondent. Envie d'un thé. L'église avec sa croix en néon vert. Ne pas m'arrêter à Bowed Creek, cette petite ville de la vallée où il y a toujours des chambres libres au motel. Plus loin la route s'enfonce entre des pans de forêts. Le ciel, ça y est, a perdu sa peinture prairie, le jour est là, le soleil pas encore. Je n'ai jamais vu la vallée en été. Sous la neige, sous la glace, oui. Inondée d'une boue épaisse et traître, oui. Innocente comme ça, non. L'air par la fenêtre est doux. Je n'en reviens pas de ma présence ici. J'évite la radio, j'évite que ça déborde. Le chant des coyotes au matin, ça, je ne peux pas l'éviter. Je ne les ai pas entendus depuis vingt ans mais je connais toutes leurs inflexions, pauses, déchirements, saillies. Les étoiles ferment les yeux et enfin je vois les trembles. Juste avant la ville de Blades, partent sur la droite des petits chemins qui mènent au lac Grand. Passant devant le premier, je ne sais pas encore qu'une partie de moi veut y aller. Au deuxième j'hésite. Trois. Je ralentis mais trop tard. Au quatrième je tourne sans mettre le clignotant. Il n'y a personne sur la route. À cette heure, il n'y a que les renards qui rentrent au bercail et les gens très seuls, comme moi. Les ruissellements d'eau du printemps ont ravagé le chemin. J'arrête la voiture devant un trou qui ressemble à une grosse bouche rieuse. Je sors. Ma vie ici a commencé avec la glace qui s'ouvre et avale tout ce qu'elle peut. Il pleut de la lumière à travers les branches épaisses de sapins et d'épinettes, lourdes d'un air chaud qu'elles maintiennent là-haut. Tout en bas, là où je marche, une fraîcheur familière et l'odeur de terre. Ça me prend le cœur d'un coup sec comme une grosse peur qui débarque. Je descends au lac en faisant craquer des morceaux de bois morts. Des corbeaux que je ne vois pas rigolent entre eux. Je leur dis bonjour. J'arrache un fil d'araignée entre deux arbres, sans le vouloir, le fil s'accroche à mon nez. Une sittelle gifle l'espace entre moi et un énorme pin gris. Je sursaute. Les corbeaux se sont mis à discutailler, au-dessus. Je fais comme si je n'entendais rien. L'hiver j'allais voir Lac Petit, tendre la main au ciel, des graines de tournesol dans la paume. Les sittelles venaient faire leur révérence, puis repartaient le ventre plein. Une fois, Jeff a posé des graines dans mes cheveux et les oiseaux sont venus pianoter sur mon crâne. Petites pattes dures. J'aimais à la folie cette tendresse sauvage. Il leur arrivait de disparaître d'un coup et de me laisser seule. De nous laisser seuls, si Jeff était avec moi. Et souvent il l'était. Je crois qu'il aimait beaucoup regarder les oiseaux atterrir sur moi, avec son œil qui marche et son œil qui ne marche pas. Il avait sur le visage son sourire à moitié, le genre de sourire où un seul coin de bouche remonte. Je ne sais pas si c'est dans le souvenir ou dans la réalité, mais il me semble que son coin de bouche qui ne remontait pas était du côté de l'œil de verre. Je ne sais pas ce que ça veut dire. Je ne sais pas si ça veut dire quelque chose. Je n'irai pas voir Lac Petit, parce qu'il fait déborder trop de choses. Je me contente de Grand, qui est beau aussi, plus fier et, surtout, qui a moins de mémoire. Puis, je reprends la route, une route que ma mémoire n'a pas oubliée. Celle qui mène au refuge.

Amanda est là, devant la maison, assise sur une bûche sur laquelle on ne fend plus le bois. Je préférais que l'on se rencontre à l'extérieur, je le lui avais soufflé dans nos derniers messages. Ce que j'avais tenté d'imaginer, quand je vivais au refuge, c'était sa voix. Depuis le soir où Jeff avait accepté de me dire son nom, avec son accent anglais. / ə'mændə /. Tant de fois j'avais essayé dans ma tête d'imiter celle d'Arden murmurant ce nom. Amanda. En voyant cette femme que je n'aurais jamais dû rencontrer, les cordes à l'intérieur se remettent à vibrer et crisser. Je refoule un sanglot. Le corps d'Amanda est sûrement le dernier qu'Arden a traversé. Yeux noirs rieurs, large bouche qui ne sourit pas, cheveux blancs très courts presque rasés. Elle se lève. C'est une femme au menton haut et ça ne m'étonne pas. Une petite femme au corps fatigué mais qui jamais ne l'avouera. Je m'avance vers elle d'un coup, lui tends la main et lui donne mon prénom pour ne pas lui laisser le choix : je veux entendre le sien jaillir de sa bouche et enfin laisser cette voix que j'ai fantasmée me pénétrer tout entière. Sa voix s'élève en volutes, pianotée par d'invisibles doigts. C'est comme découvrir le chant d'un oiseau inconnu. Elle serre ma main comme si nous étions amies, en caressant presque ma peau. Elle propose que nous partagions un thé, à l'ombre, devant la maison. Le temps qu'elle aille chercher des tasses et un thermos, je me retourne vers la grange, j'aimerais saluer mon sapin baumier. Je ne le trouve pas, le cherche du regard, me demande comment j'ai pu oublier, pourtant je suis sûre qu'il se trouvait là, visible depuis la maison. Je m'avance en pensant à ces matins où nous faisions crier la glace en lui marchant dessus avec nos chaussures à crampons. Et là, je le vois, le sapin baumier. Tranché à la gorge. Corps gisant derrière sa souche. Je m'accroupis à côté de lui, l'effondré. Son squelette gris horizontal est recouvert d'une mousse fine et claire mais on y voit encore les trous creusés par le pic. La souche est imposante, constellée de sorties de galeries d'insectes. On l'a laissée bien haute, je dois me mettre sur la pointe des pieds pour m'y asseoir. Les os des racines sont gris tachés de noir et de verts sombres. Sortes de fossiles d'entrelacs et d'étreintes. Je n'ai pas besoin d'appeler la lumière ambrée, je sens bien qu'elle n'est plus là. Je me demande où elle a pu s'installer, j'espère qu'Arden l'a guidée, lorsqu'il a fallu abattre l'arbre.

J'entends, derrière ce qu'il reste du sapin baumier et moi, la porte de la maison qui claque. Je rejoins Amanda qui a sorti deux chaises.

— Qu'est-il arrivé au sapin baumier à côté de la grange ?

Amanda a l'air surprise. Elle me tend une tasse de thé.

— Il est mort il y a cinq ou six ans. Des parasites. Nous avons dû abattre de nombreux arbres à cause des parasites. Les hivers sont trop doux. Celui-là, Arden a attendu le dernier moment pour l'abattre, et elle n'a pas voulu qu'on le brûle. Elle n'a pas su m'expliquer pourquoi. J'imagine, vu votre question, que vous savez.

Je ne réponds pas. Je lui demande plutôt si l'on peut se tutoyer. Elle dit Oui, avec plaisir. Pour briser cette gêne qui s'installe entre nous avec son épaisseur opaque, elle pointe le doigt vers mes bras recouverts d'encre. Les traits ne sont plus aussi fins, les noirs estompés en des bleus fades. Elle me demande si l'un de mes tatouages raconte le refuge. Un frisson lézarde mon épaule droite. Sous le tissu de mon t-shirt se tient une agélène à labyrinthe sur sa toile en nappe. Mais alors, la dévoiler m'obligerait à parler des mains d'Arden, de sa première tendresse, elle qui m'enlace contre le tronc du sapin baumier, de mes crises d'angoisse, de la lumière ambrée, de Frank. Non, je dis. Je mens à Amanda parce que je veux garder mon agélène pour moi. Le thé est bon, il m'aide à respirer et il comble les blancs et le malaise qui gesticule et prend de la place entre nous.

— Comment as-tu trouvé l'adresse de mon laboratoire ?

— Ah ! Tu n'as pas un nom très commun. Arden m'avait dit que tu étais sûrement sur la côte, mais laquelle ? J'ai trouvé une femme qui porte le même nom que toi, côté Pacifique, puis en fouillant internet, j'ai trouvé un article sur ta galerie d'art, de photographie c'est ça ? Quand j'ai vu le nom du lieu, j'ai su que je t'avais trouvée.

Dans sa première lettre, envoyée à l'adresse du labo, Amanda m'annonçait la mort d'Arden. *Elle m'a demandé de vous attendre pour répandre les cendres. Elle souhaite rejoindre Jeff. Je vous attends donc au refuge, vous pouvez m'écrire ou m'appeler à ce numéro.*

Je me souviens soudain d'un cauchemar qu'Arden faisait souvent, qui la réveillait la nuit dans une sorte de transe. Elle soulevait la couverture et se frottait le corps vigoureusement, pour en enlever quelque chose d'invisible que je ne pouvais ni voir ni imaginer mais qui, vraisemblablement, fourmillait sur sa peau et la rendait folle. Elle ne criait pas. Elle avait un regard dur. Elle se levait et disparaissait pour le reste de la nuit.

— J'aimerais te poser une question. Un peu étrange peut-être, mais c'est important pour moi. (Amanda me regarde avec son air fatigué mais prêt à tout. Elle secoue la tête, lève les sourcils.) Est-ce qu'Arden faisait un cauchemar qui la rendait dingue, un cauchemar récurrent, qui la faisait se frotter tout le corps ?

— Ah, le rêve des tiques.

— J'aimerais ça, que tu me racontes ce cauchemar.

Et Amanda raconte. Dans ce rêve Arden se faisait enterrer vivante par des milliers de tiques, grosses comme des bourdons. Elle se réveillait toujours au moment où les tiques la pénétraient par la bouche, le nez, les oreilles, l'anus et le vagin. Ces nuits-là, Arden ne se rendormait pas, disparaissait dans le noir bleuté, mais Amanda ne sait pas où. Je ne dis rien, mais je crois savoir, moi, où Arden allait se débarrasser de ces tiques. J'aime me dire qu'elles sont entrées en elle pour habiter ses rêves le jour de l'orignale, car cela voudrait dire que cette transe est née quand je suis arrivée dans sa vie.

— Es-tu prête à y aller aujourd'hui ?

— Oui, j'ai une longue route pour rentrer, alors oui, allons-y.

Amanda demande si je souhaite voir la maison. Je refuse sans hésiter. Le temps qu'elle cherche les cendres, je me dirige vers la grange, à qui je dois des adieux.

Quand je rentre dans la grange, ma boule de tourbe me remonte dans l'œsophage. Elle, qui pendant plus de vingt ans a accepté de se tenir sage au niveau de mon plexus solaire. Odeur de tanin et de bêtes, tremblements incontrôlés. Je n'ai jamais dit au revoir à ce lieu qui m'a abritée chaque matin et où j'ai laissé une partie de moi, avant de partir. J'étouffe un peu, assaillie par une gêne étrange. La grange m'expulse, je reprends mon souffle dans l'air d'été toujours aussi épais. Amanda est là, elle porte Arden sur son dos. Nous coupons à travers bois en direction de Babine. Après toutes ces années, je ne sais pas bien à quoi m'attendre. À quelle vitesse vieillissent les rivières ? Je me demande si elle a toujours autant de choses à raconter et si sa voix est aussi tonitruante en cette saison, si elle se gargarise encore de nos présences, ou si au contraire, elle est soulagée, enfin, vide de mots, ayant épuisé toute sa puissance verbale au printemps. Nous marchons, Amanda et moi, presque en silence. Nous ne parlons pas mais je crois que nous entendons toutes les deux comme je respire fort et comme je suis prête à chavirer à tout moment. Quelque chose me dit que si je flanche, Amanda sera là pour me redresser, me raviver. Je la laisse passer devant pour regarder cette petite femme qui marche avec des épaules bien droites et légères. J'aimerais observer ses mains, bien sûr. Ses mains qui ont parcouru le corps d'Arden. Je n'entends pas la voix des corbeaux et leur mutisme creuse une béance dans cette forêt que j'ai tant écoutée. Nous entendons Babine avant de la voir. Elle est donc toujours aussi bavarde. Pli sous le cœur, là où se froissent les sentiments trop grands. Amanda me guide, nous avançons, elle doit avoir en tête une partie du corps de Babine où les rochers courbent l'échine et où Babine leur gratte le dos.

Là, la poigne de Babine s'empare de fragments d'Arden. Amanda et moi au bord de l'eau, la rivière bien sage dans son lit, se tenant bien droite. Amanda et moi, nos épaules qui se touchent presque et entre nous l'urne dans laquelle nous enfonçons chacune nos doigts. Amanda s'accroupit au-dessus de l'eau, le poing en suspens. Je crois qu'elle prie en silence. Elle écarte les doigts et Babine ouvre la bouche. Je ne prie pas. Je ne te dis rien, j'ai déjà dit, déjà hurlé, déjà mordu. Je te tiens dans le creux de ma main et tu n'as jamais été autant à moi, rien qu'à moi. Pourtant Amanda, à mes côtés, caresse aussi ces fragments de toi, avant de les offrir à Babine. Babine avec sa bouche en o. Tu es rivière maintenant. Tu es rivière-cincle-plongeur-rocher-branches-feuilles-aiguilles-troncs-d'arbres-morts-mousse-lichen-loutre-terre-invertébrés-ombres-chant-cri-débordement-empreinte-souvenir. Je glisse en cachette une pleine poignée de toi dans la poche de mon pantalon. Puis, nous nous reculons un peu et restons là, en silence, à regarder Babine qui chante. J'espère qu'en ses eaux tu retrouveras Jeff pour une dernière étreinte. Vous, les amis magnifiques. Amanda pleure, bruyamment, prise de sanglots incontrôlables, incontrôlés. Alors je laisse nos épaules se toucher. Je laisse l'épaule de l'agélène embrasser l'épaule d'/ əˈmændə /. Je passe mon bras dans son dos et je pose ma main sur son omoplate, la caresse comme le font les amies. Et cette femme qu'Arden a aimée et désirée laisse sa tête tomber sur l'épaule-agélène. Et je n'aurais jamais cru qu'une tendresse serait possible entre deux femmes qui n'auraient jamais dû se rencontrer. Babine vocalise. J'entends le chant d'un corbeau qui se rapproche. Sur l'autre rive, en face de nous, une lueur couleur de sève s'élève. Et dans la lueur, la silhouette d'une femme un peu trop grande, aux épaules lourdes. Et dans la lueur, la silhouette d'un homme qui nous regarde avec un seul œil.

Sur le pas de la porte de la maison d'Arden, Amanda me remercie, je vois bien qu'elle n'a plus de mots, qu'il n'existe pas de mots pour nous, ça aussi il faudrait l'inventer. Elle me demande de l'attendre un instant, elle dit J'ai quelque chose pour toi. Je reste là, à respirer l'odeur du vestibule et de ses fantômes de chiens tout en sentant dans la poche de mon pantalon une poignée d'Arden comme un cœur qui bat. Amanda revient vite, trop vite, je n'ai pas eu le temps de dire au revoir à la maison d'Arden. Dans ses mains, je reconnais le carnet brun aux feuilles gondolées d'humidité. L'herbier sonore que nous tenions, Jeff et moi, resté sans doute chez lui, dans sa cabane de chercheur d'or où nous nous retrouvions le soir pour boire du vin, raconter Arden et écrire ce que dit la forêt, et ce qu'elle tait, surtout.

— C'est tout ce qu'Arden a voulu garder de lui. Et de… toi, j'imagine. J'ai remarqué les deux écritures. C'est beau, ce que vous avez fait.

J'aimerais lui dire que ça n'a rien à voir avec la beauté. Que nous n'avons pas voulu faire quelque chose de beau. J'aimerais lui raconter que ce qui est beau, c'est l'amitié qui grandit, s'étire et enfle entre Jeff et moi, alors que nous nous tenons droits dans les bois, près de Babine, à écouter. Ce qui est beau, c'est enlacer l'ami et sentir que oui, *we're going to be fine.* Ce qui est beau, ce sont les mains de Jeff et la lame d'un couteau sur la pierre à aiguiser, son sourire penché, son œil qui ne marche pas reprenant presque vie alors qu'un élan traverse la brume qui engloutit la tourbière. Ce qui est beau, c'est sa dévotion, sa solidité, son respect pour l'eau, les animaux, les rochers, la terre, les arbres, les insectes, la glace, la pluie, la lumière et leurs langages qui nous échappent. Ce qui est beau, c'est ce geste : entrer dans la gorge de Babine à la saison du débordement pour donner une chance au renard. Ce qui est beau, c'est imaginer les cendres d'Arden et les os de Jeff qui s'embrassent, un baiser fugace, et qui deviendront flots, torrent, voix, timbre, chant, souffle, une langue nouvelle.

Je caresse l'herbier, n'ose pas l'ouvrir. Sur le pas de la porte de la maison d'Arden, Amanda me regarde et j'aimerais lui dire que ce qui est beau, c'est nous maintenant sans aucune colère.

— J'aimerais ça, que tu le gardes pour l'instant. Dans ta première lettre, tu disais que le refuge allait être repris par trois amis de Bowed Creek. Cet herbier fait partie de ces terres, alors je voudrais qu'il reste ici. Il y a encore tant de pages blanches.

Ce qui est beau, je crois, c'est ce geste : l'herbier sonore dans mes mains, puis dans celles d'Amanda et nos sourires un peu bancals, un peu hésitants.

J'avance dans l'obscurité épaisse et familière de la forêt. Au-dessus de moi les étoiles et les corbeaux ne pipent mot. Je marche sur le souvenir de la neige et aucune branche ne se brise sous mes pas. Lorsque j'atteins la clairière, je prends ta place au centre, sous une lune borgne. J'attends les coyotes.

Je sens déjà leurs langues sur mes doigts. Je sens déjà tes cendres couler le long de leur gorge. Je ravale ma salive. Les coyotes viennent vers moi. Un trésor dans ma poche, que je partage dans chaque main. Mes paumes en offrande : ce qu'il reste de toi, si lourd, si léger. Je laisse le froid de la nuit me caresser de ses mains qui empoignent. Je me souviens de l'orignale et de nos regards dans l'herbe trempée de tiques. Je regardais tes mains, ces araignées merveilleuses. Je me demande à quel moment la mémoire passe son souffle sur les sonorités de l'amour. Tourner le dos au refuge n'a pas suffi. J'ai dû me défaire de l'odeur du sapin baumier et du désir pour avancer dans ma vie sans toi.

Les coyotes s'affolent à mes genoux,

leurs langues sur mes doigts,

et, enfin, j'avale pour de bon ma boule de tourbe.

Autour de nous les branches sifflent comme des rapaces.

NOTE DE L'AUTRICE

Les coups de dents que la narratrice donne sur l'écorce de bouleau sont inspirés d'un art ancestral pratiqué par certains peuples Autochtones d'Amérique du Nord, et notamment les Anishinaabés et les Cris. Le *Birch bark biting*, appelé en français le mordillage d'écorce, est une pratique artistique et spirituelle qui consiste à récolter l'écorce, préparer les feuilles, les plier et les mordiller afin de créer des images. Il s'agit d'un travail de plis, de morsures et de patience. Contrairement à la narratrice du roman qui utilise ses incisives pour ne laisser que quelques traces de dents, les artistes de mordillage d'écorce comme Pat Bruderer (Cree), Denise Lajimodière (Ojibwe) et Kelly Church (Ottawa/Potawatomi) utilisent également leurs canines et créent des motifs complexes qu'elles ne découvriront que lors du dépliage.

Remerciements de l'autrice

Je remercie Mathilde Walton et Gaspar Bouillat-Johnson de l'association Le Murmure du Monde pour leur confiance, leur accueil et leur générosité pendant ma toute première résidence d'écriture.

Le Centre National du Livre pour l'attribution d'une bourse de résidence.

Benoît Verhille et toute l'équipe de La Contre Allée.

Seb, pour nos marches silencieuses dans les forêts où j'écris dans ma tête et tout le reste : merci.

De la même autrice

*

Quelque chose de la poussière,
ill. Benjamin Défossez, éditions du Chemin de fer, 2019

(ÉDITIONS) LA CONTRE ALLÉE

Délaissant les grands axes, j'ai pris la contre-allée - A. Bashung et J. Fauque

*

Collection La Sentinelle

Une attention particulière aux histoires et parcours singuliers de gens, lieux, mouvements sociaux et culturels.

Claudio, regarde • Alfons Cervera (2024)
traduit de l'espagnol par Georges Tyras

Le Bercail • Nathalie Yot (2024)

Une forteresse de roseaux • Corinna Gepner (2023)

La Femme à la valise • Luisa Carnés (2023)
traduit de l'espagnol par Michelle Ortuno

Mississippi, la Geste des ordinaires
Sophie G. Lucas (2023)

Nuits de noces • Violaine Bérot (2023)

Sortir au jour • Amandine Dhée (2023)

Les Heures abolies • Lou Darsan (2023)

Le prénom a été modifié • Perrine Le Querrec (2022)

Le Pion • Paco Cerdà (2022)
traduit de l'espagnol par Marielle Leroy

*

CRÉDITS & REMERCIEMENTS

Direction éditoriale Benoît Verhille
Couverture Renaud Buénerd
Maquette Valérie Dussart
Relecture et correction Sarah Gastel, Marianne Kmiecik

Nous remercions
Les équipes de
Belles Lettres Diffusion Distribution
Avec une pensée toute particulière pour Dominique Coloby. Merci, Dominique, de ton attention si précieuse, pour nous et chacun des textes que nous avons édités depuis notre arrivée chez BLDD. Toute l'équipe de La Contre Allée te souhaite le meilleur pour la suite.

Présence graphique
&
Aline Connabel, relation libraires
Aurélie Serfaty-Bercoff, relation presse

La Contre Allée remercie également le Conseil régional des Hauts-de-France pour son soutien à l'édition indépendante.

LV Mai/Juin 25

128e titre au catalogue, *Border la bête* est surtout le roman qui inaugure notre programme de parution de 2024 – et ce n'est pas rien, pour un roman, d'ouvrir le bal lors de la rentrée de janvier. Si *Border la bête* paraît en cette nouvelle année, c'est bien en 2023, lors de notre quinzième anniversaire que nous avons arpenté, aux côtés de la narratrice et de Lune Vuillemin elle-même, les chemins de cette forêt canadienne, écoutant le chant de Babine et admirant la danse des coyotes ! Et cela avec un plaisir tout particulier, tant les thèmes de ce roman résonnent avec ceux chers au catalogue de la maison ! Lire Lune Vuillemin, c'est pénétrer des espaces sauvages, un univers saisissant et onirique, qui n'est d'ailleurs pas sans faire écho à celui de Lou Darsan – et cela nous met en joie au moment de l'écrire –, dont *L'Arrachée belle* et *Les Heures abolies* auront été des romans-compagnons pour l'autrice qui rejoint cette année notre maison. Cela dit, il nous faut bien aussi vous parler ici de chiffres, selon les usages du colophon, pour vous dire que *Border la bête* porte le numéro ISBN 9782376651338, et a été composé en minion pro 10,5 pts. L'imprimerie Présence graphique, avec qui nous travaillons toujours avec plaisir, lui a quant à elle attribué le numéro imprimeur 102479809, imprimant cet ouvrage à Monts, près de Tours, sur un papier Clairefontaine bouffant 80 g., et respectant la démarche si importante à nos yeux qu'est celle garantie par le label Imprim'vert®. C'est Renaud Buénerd qui a imaginé cette couverture – véritable invitation à aller voir ce qui se passe par-delà la colline –, saisissant avec acuité quelque chose de cette ambiance propre à ce roman ! Il fallait bien un papier de création, le Kingdom laid vergé 220 g, pour révéler toute la profondeur de cette première de couverture. *Border la bête* sera envoyé au dépôt légal au cours du premier trimestre 2024, pour le compte de notre maison, les éditions La Contre Allée.